시골시인-K

시×산문

석민재

권상진

유승영

권수진

서형국

이 필

가장 낮은 문장에 불을 붙이며

경상도를 기준으로 육방에 흩어져 살던 6인의 글쟁이들이 주류의 질서나 관행과 타협하지 않는 한 괴팍한 시인을 통해 어우러졌습니다.

처음엔 각기 개성이 뚜렷해 절대 섞일 것 같지 않던 사람들이 한자리에 모여 시간이 흐르자, 각자가 기거하던 마을에서 가장 소중한 것들을 가져와 풀어놓더군요. 누구는 노스님의 염주와 마르지 않는 계곡을 통째 옮겨 왔고, 누구는 우쿨렐레를 퉁겨 천사 같은 아이들 웃음소리를 모아 왔으며, 또 누구는 끝이 보이지 않는 도로를 닦더니 거침없는 문장에 올라타 광란의 질주를 하기 시작했습니다. 그러다 보니 황량한 대지에 계곡이 넘쳐 샛강이 흐르고 나무가 자라더군요. 무명의 철학자가 나무 그늘에 기대 거울로 복제된 자신을 돌아보더니, 그저 평범해 보이는 회사원이 꽁꽁 숨겨온 슬픔과의 연애담을 맛깔나게 털어놓았습니다. 이들을 지켜보면서 가진 거라곤 연탄 몇 장이 전부인 사람이 불을 피워 쪽방에 훈기를 넣었습니다.

이렇게 우리는 상식으로는 건널 수 없는 국경을 긋고 작은 나라를 세웠습니다. 이제 의식을 태워 불보다 뜨거운 말을 품은 여섯 명의 은둔 시인들이, 아직 알려지지 않은 글줄을 엮어 국경 너머의 세상으로 출사표를 던집니다.

하여, 맥없이 주저앉았을 때에도 지긋지긋하게 따라붙던 그림자를 떨쳐내고, 소리도 적시는 비가 내려 세상에 존재하지 않는 문장이 싹트는 땅으로 여러분을 초대합니다.

마지막으로 우리의 기대가 있다면 공동시집 '시골시인-K'를 필두로, '시골시인-A', '시골시인-B', '시골시인-C'로 이 프로젝트가 쭉 이어지기를 바라는 것입니다.

2021년 3월 1일
모두를 대신하여 서형국

시골시인-K

차례

1 시골의 국경

2 우리는 종종 변방이라서 밝아요

석민재

권상진

3 잘 풀려 우리 여기까지 왔네요

유승영

4 지금 여기로 떠날 수 없는 사람들에게

이 필

발문

1 ——————————— 시골의 국경

웰컴, 시골시인

시골시인의 시간이 다가오고 있다

잘 가요, 황인숙, 이성복, 전윤호, 그리고 젊고 예쁜 도성
안 시인들이여

오늘은 연탄불고기 식당도 일찍 문 닫는

이름 불러 줄 이라곤 가까운 가족밖에 없는

그런 시인들 하나둘 모여

늦은 저녁, 빈대떡에 막걸리로 목 축이는 시간

창고 지붕 물받이는 세찬 바람에 삐걱거리고

자퇴서 낸 열일곱 막내도 곯아떨어졌다

낡은 시 뭉치 찾아 서랍 안을 뒤적이면

아내가 한쪽으로 돌아눕는다

지난 봄, 대청소와 함께

내다버렸을까⋯ 부스럭부스럭 떨리는 손끝

비가 또 와요

누군가 깊어가는 어둠 속을 바라보며 말한다

그가 이쪽으로 몸을 돌리자

나는 목청을 가다듬으며 천천히

두서없이 쓰인, 이 길고 장황한 연애시를 읽기 시작하
는데

이미 발그레한 두 뺨은

연극적인 목소리로 점점 달아오르고

마지막 연은 행방불명—
어디서 낱장이 떨어져 나갔는지
알지 못한 채

피아彼我

석민재

돌을 불에 구워 배꼽에 얹고 자면
만사형통한다고

백 가지를 써봐도 돌이 최고였다고
아프지 말라고

약손처럼 얹어 주던 엄마가 꿈에 온다고
물을 무서워하는 사람이 강에서 돌을 주웠다

평화하자, 너는 나를 그리고 나는 너를 쓰고
우주를 한다, 너와 내가 같은 칫솔로 이 닦고

춤과 노래가 사라진다 해도 피아에서
우리의 엄마가 올 때까지

돌과 물의 태도가 변한다 해도 피아에서
우리가 엄마가 될 때까지

hello

서형국

이 마을에 닿아 나는 국가가 되었다
코끼리 무덤에서 거대한 상아를 훔친 자들이 세운 나라

세상은 이 나라 국민들을 도망자라고 수배했지만 전생
과 후생이 공존하는 나라에선 아무도 서로를 밀고하지 않
았다

오래된 여관의 명찰처럼 간신히 매달린 내 마지막 이름
자로 자신만 인출할 수 있는 슬픔을 이체시키는 사람들

빙점의 나라에서 보일러 수리공이었던 박씨가 끓는점
을 연구하다 누대의 생을 통째 불사른 이야기
섬에서 벌침을 놓던 이씨가 혈자리를 찾다 죽은 자의
피가 고인 대문에 대나무를 꽂은 이야기
도시서 항구를 노래하던 정씨가 박자 놓친 손님의 탬버
린을 사랑하여 평생을 수절하는 이야기

벼락을 맞고서야 거머쥔 행운을 누릴 새도 없이 천 개
의 인장으로 빼앗긴 대추나무의 사연 같았다

제 몸을 다 태운 그림자처럼 까맣게 웃는 사람들

세상 모든 어금니의 무덤으로 망명을 요청하는 사람들

그들이 소문낸 나라

국경이
무너지고 있다

너를 칭찬해

유승영

해골은 내 친구
한 다발의 묶은 머리카락을 풀어헤쳤다
해골바가지에 마시는 물은 당도가 적당해서 좋아
마음만 먹으면 해골을 들고 노래도 부를 수 있어
예를 들어 비 내리는 고모령에서 제주도의 푸른 밤까
지 말이야
비 내리는 고모령은 곧 제주도의 푸른 밤이지

해골은 내 친구
항상 웃고 있어서 마음에 들어
105호 법정에서 너를 떠올렸지 참 잘했다 참 잘했어
진작 그랬어야지 해골은 웃어 주었어 해골은 튼튼한
바가지
주워 담을 수 없어야 제맛이지
주렁주렁 해골을 달고 아빠에게 갔지
와르르 쏟아버렸어 하나도 남김없이 말이야
그래도 웃고 있는 해골바가지

해골은 내 친구
비가 와도 이제는 끄떡없을 거야 아빠
화장장으로 이동하는데 해골은 데굴데굴

살 만큼 살아서 괜찮을 거야 웃어대는 해골바가지
이제는 풀 걱정은 하지 않아도 돼 정말이야
대리석은 보나 마나 대리석

면경面鏡

당신의 습관을 닮아가는
내 모습을 온종일 비추고 있다
너의 일거수일투족을
똑같이 따라 하지 않으면
사랑이 깨질 것 같아
수시로 네 생각이 떠오르는 날이면
곁눈으로 조심스레 흘겨본다
반사된 거울 속에 비친
있는 모습 그대로의 네가 좋은데
나는 자꾸 뭔가를 꾸미고 있다
거울 앞에서 숨기고 싶은
비밀이 너무나 많다

디스코 팡팡

권상진

세상의 이목에는 신경 쓸 겨를이 없다
오늘이 자주 덜컹거리기 때문이겠다
이럴 때는 균형을 잡는 일이 우선이어서
옷이 좀 흘러내리거나 신발 한 짝이 벗겨져도
넘어지지 않는 일에만 집중해야 한다

팡팡, 디스코 리듬처럼
바닥은 출렁인다 시간이 엎질러진다
팡팡, 춤추고 싶지 않은데
나는 종이인형처럼 나부끼며 세상과 붙었다가 떨어
진다

한 손으로 간신히 잡고 있는 밥줄을 놓치지 않으려면
남은 손이 할 수 있는 일이란 식구들의 아슬한 앞섶을
가려 주거나
있는 힘을 다해 대롱거리는 순간을 삶 쪽으로 힘껏 당
겨 앉혀 주는 일
아무나, 아무거나 가릴 것 없이 곁을 잡아야 할 때
간혹 그게 가족이라면 참 민망할 때도 있었다

균형을 잃으면 주인공이 된다

들썩이고 휘청이고 뒤집히는 동안
이렇게 처절하게 매달려 본 적이 있었던가
웃으며 박수치는 사람들을 위해 또 한 번 무대 가운데
로 초대하는,
신이시여!
저에게 이 장르는 개그가 아니라 생존입니다

음악이 멎으면 표정을 숨기며 계단을 내려오는 사람들
서로의 맨살이나 속옷 따윈 절대 기억하지 않는 원나
잇의 한때
살아남은 자들은 모두 묵인한다

2 ——— 우리는 종종 변방이라서 밝아요

1   석민재 ——————— 시골시인-K

뭐 할 거야?

씻을 거야, 시 쓸 거야?

응. 이렇게 대책 없는 귀를 서로에게 들이밀어

시를 듣고 말을 하고

산수유

손등만 한 화첩을
다시 뒤집는 사이
너는 관우 조각상 앞에 서 있었다
춘화도네,
오래된 그림인가 봐
누가 그렸지
나는 조심스럽게 봄을 넘겼고
팔짱을 끼고 저만치서
네가 웃었다
꽃보다 더 노랗게
너를 따라다녔다

석민재

경의를 표함

구례 가는 7월 24일자 버스표 뒷면에
이날이 최고 좋았다, 라고 써놨어

시집을 읽다 찾았어, 책갈피처럼

라멘도 국수도
좋아하는 바다도 없는데

짓다, 라는 말을 경외하는 너처럼, 말하는 건축가처럼
우리도

햇빛을 받고
바닥을 고르고

응, 하고 말하면 불이 켜지는 전구를 달고

물을 구하고
지붕을 펴

얼굴이 빨개지는 아침에게 매일매일 경의를 표하는 집
을 짓고

쓰지 않아도 시가 되어 있는 풍경을 달고

십일월

실컷 토하기 위해 변기를 닦았고

팔이 길어 한 치수 큰 옷을 주문했다

액체 세제 통에 물 넣고 엎어 두었고

너무 외롭다고 친해지면 안 돼, 라고 한 줄만 써놓은 공책을 찾았다

추위를 못 느끼는 것도 민폐라고 생각했다

방금 일어난 일로 시비 잘 거는 사람이 전생을 궁금해하고

미안하다는 말을 미루는 사람이 길을 좋아했다

사회의 일원이 된다는 것은 각선미를 버리는 일

가로축과 세로축이 만날 때 잠깐만 점이 되어 주는 일,

각도角度를 잊는 일

걸레와 수건을 같이 세탁하고

내게 쓴 메일함을 비웠다

발맞추어도

끝내주는 즉흥은 없었다

우후죽순

격려를 해줘도 모자랄 판에
기를 꺾는 겁니까?

솔직히 말씀드리면
자만심이 사람의 미움을 사는 건 아니라고 생각해요

번잡하고 쓸모없는 부분은 어디까지인가요

뼈도 없고 살도 없고
마음에 진공만 커버렸는데

북풍은 언제 불어올까요

나도 가르쳐 봐서 좀 아는데요
고향에서 배웠는데요

보기 좋은 게 제일 중요하고요
칼은
몇 개를 써도 못 이기거든요

단칼에 죽이지도 못하면서 쯧쯧

종일 기마자세만 시키더니
고결함이 밥 먹여 줍니까?

10대 1도 괜찮고 11대 1은 더욱 좋은데

싸움이 아니라
자존심을 되찾는 것뿐입니다

말로가 어떻게 되는지 뻔해도
겁 안 나요

며칠 뒤에 다시 올게요

알의 한계에 대하여

눈물은 최초의 알

울 거밖에 더 갖고 나온 게 없는 사람이 우주를 닦아요

화해하거나 방해하면서 서로를 닦아요

엄마처럼 어쩔 수 없는 일들이 있어요

아라리, 자장가 부른다고 엄마가 되는 건 아니지만

알은 거기서 자라고요 좋아 붙어살아요

염치없는 사람들이 툭 걷어차고 지켜준다고 말했어요

구멍을 내봐도 모르겠어요 똥구멍까지 노랗게

상관없어요 고향이 바다랑 가까운 이름 같아서 랄랄라

거꾸로 돌릴 수 없는 업은 유쾌하지요

혀를 입천장에서 뗄 수 없는 것처럼 통쾌하지요

랄랄라는 나의 리듬, 좋아요

맞아요, 아직도 울 수 있다는 거 말고 다른 계산 없어요

알 속을 들여다볼 수 없는 거 알면서도

다시 내 감정을 꺼내어 설명한 것뿐이에요

밥이나 겨우 먹고 삽니다

최소한

1회전은 무조건 맞아라

명심해라

2회전은요?

계속 맞아라

그럼 상대는 더 기고만장할 텐데요?

너무 창피하잖아요, 나만 맞으면

3회전 30초 남겨놓고 딱 한 번만 공격해라

왜 자꾸 의욕을 꺾으십니까?

넌 아무 생각 하지 말고 집에 가서 잠이나 푹 자라

맘에 들지 않겠지만,

전 맞기 싫습니다

힘을 모으는 법은 맞아 보는 게 제일 확실하다, 얘야

제발

싸움만은 하지 말거라, 얘야

동묘라고 불렀다

오만 잡동사니에서 너를 찾는 일

살아낸 모든 이름을 하얗게 부르는 일

툭툭,

이승과 저승의 경계를 발로 지우면서 시간을 여기에
다 두는 일

물도 되지 말고 얼음도 되지 말기를

착하게 망가지는 일

쉬운데 아무도 모르는 말처럼

상하좌우가 없는 사람들이 온다

봄여름가을겨울 없이 온다 우리가 우리의 기억이 되
는 일

주문처럼 울리는 진혼곡에서

네 목소리를 보는 일

이렇게 눈이 내려도

슬픈 내력이 전염되지 말기를

위엄하지 말기를 위험하지 않기를

팔을 뻗어 손목을 내어 주는 일

맹세 없이 온다 이대로 좋은 일

하평 28

산 1번지와 땅 7번지가 바뀌어

낙동강에서 섬진강으로 바뀌어

학교와 새마을공장이 바뀌어

심야에 태어난 아이가 아버지 없는 아들처럼

상평통보 두 궤짝이 네 할머니 무덤 속에 있단다,

끝까지 기억하는 사람이 임자지

열녀비는 가문의 영광이란다,

이기면 왕이 되고 지면 역적이 되는데

내가 먼저 죽겠는데

생몰은 해보다 빨개서

연좌는 굴렁쇠보다 빠르게 굴러서

남명 조식과 동고동락하던 집안이야.

양반이 다 무슨 소용이래요, 관 없는 생무덤 앞에서

무연고 애기무덤에도 깐 귤을 던지면서

여기가 명당이야, 자꾸 무덤이 생겨나잖아

공평은 상평과 하평으로 나뉘어

놀면서 배웠어요, 마당을 둘로 나누는 것부터

하나 죽고

셋 죽고

합천에서 부산으로 부산에서 하동으로

불안의 본적이 자자손손 바뀌어도

겨울

어젯밤에
너한테서 오는 문자 울림을 목탁 소리로 바꿔 놓았
는데

아까
어디서 목탁 소리가 작게 나서, 웬 목탁 소리지 하고
깜짝

야,
내가 스님이가

왜?
절을 많이 다녔으니까 기도하는 맘으로

알았어, 다른 걸로 바꿀게

어디 가보고 싶은 데 있어?

응,
기림사

첨 들어보네, 어디야?

경주
너무 멀어

지도 검색해 볼게

지금 가고 있는 중입니다

석민재

목인장이 필요해

고무줄놀이, 詩作을 묻는 이가 있어 앞뒤 맥락 없이 고무줄놀이 같은 말을 한다. 나무에 고무줄을 묶어놓고 한쪽 끝은 내가 팽팽히 잡아당기며 놓았다 하는 놀이를 밤이나 낮이나 꿈이나 하고 있다. 누가 따라와 나무에 달려 있는 내 고무줄을 잡고 같이 놀자 하면 아 뇨, 너 해라, 하고는 뒤도 안 돌아보고 다른 나무를 찾아 놀다가

목인장이요, 갖고 싶어요. 이소룡이 좋아서 슬퍼서 노랑 츄리닝 입고 경상도 땅을 밟고 싸돌아다니다가 지금은 방에서만 입고 산다. 제발 좀 벗어라, 식구들이 말할 때 초록색 츄리닝이 배달되어 온 집에서 시 쓰는 나는, 목인장이 되고 싶은 사람. 『문학과 예술의 사회사』, 『문학비평용어사전』, 『시론』 등을 구멍 날 때까지 읽은 친구가 내게 준 최근의 책도 아직 덮어놓고 목인장만 목이 쉬게 쳐다보고 산다. 손바닥과 손등의 경계가 의미 없을 때까지.

'싸우는 이유'를 한 아이가 이렇게 말했다. "이기든 지든 저 원(링) 밖을 나갈 때는 무서워하지 않으려고요." 나

는 무섭다 매일. 시가 동그랗든 네모든 시작했으니 겁난
다. 십자가를 꿀꺽 삼키고 있는 절대딱지 한 장도 절실하
고, 불안하면 왼손에 꼭 쥐고 있던 바둑알도 찾아야 한다.
개처럼 돌아설 자신도 없어 할 수 있는 것, 직진만 하면서.

센 주먹이 뒤로 가게 서면 권투가 되고, 센 주먹이 앞으
로 가게 서면 영춘권이 된다고 적어놓고는, 편한 상대는
어디에도 없는데, 스텝은 엉키고 혹은 너무 커, 오늘 내 장
점은 못 살렸어, 허리. 등. 무릎. 다리가 동시에 힘을 내야
촌경(가장 가까운 데서 공격하는 권법)이 돼, 라고 혼잣말
만 중얼거린다. 전부, '내가 시에게', '시가 나에게' 하는 말
이다.

하평 28

부산 진구, 전포동에서 하동으로 이사 오는 날은 밤이
었고 여섯 살이었고 추웠다. 골목을 돌아 골목에 닿으면
가구에 옻칠하는 곳이 있었고 나의 눈과 코의 기억은 대
부분 맞다, 라고 엄마가 말했다. 1980년대의 하동 진교는
새마을공장이 생겨 코듀로이를 생산하고 있었고 돌돌 말
린 원단을 사촌이 트럭에 싣고 부산 염색공장으로 갈 때
두어 번 나도 따라갔었다.

의상실을 했다. 옷감을 자르면서 글감을 찾았던 엄마
는 부산에서도 진교에서도 옷을 만들었다. 시침핀이 많았

고 YKK 지퍼의 질이 가장 좋다는 것을 열 살이 되던 해에 알았다. 낙동강 재첩국 파는 아지매 목소리를 새벽에 들은 적이 종종 있었는데 여기, 섬진강 하구에서 발로 슬슬 모래바닥을 문대면 엄지손톱보다 더 굵은 재첩이 나왔다. 고등학생이 되고 대학생이 되어 재첩과 멀어졌을 때는 새마을공장도 문을 닫았고 바다도 재첩도 사라졌다. 시가 있었는데, 시가 왔는데도 모르고 우리가 수많이 지나쳤던 안타까움처럼 유년이 흘러갔다.

두부 한 모 사 들고 집으로 갈 때 개를 만났다. 두부를 던져주고 번 시간 동안 죽어라 뛰었으나. 매 맞는 이유엔 개는 핑계가 결코 될 수 없었던 어린 시절이 생각난다. 개만 보면 억울함이 쿵쿵 올라오는 까닭이 여기에 있고, 나는 개를 빌려서라도 시를 몇 편 썼다. 개나 물고 갈 시를. 아이들이 잘 갖다 붙이는 접두사 개를 무척 좋아하기도.

낙동강을 건너 섬진강에 간다. 섬진강을 지나 낙동강으로 온다. 나의 한 달은 강에서 강으로 전진한다. 부산에서 통영으로 연애편지가 오고 간 옛날 그 연인들의 마음처럼 나는 너에게 매일 편지를 쓰며 사랑해, 라고 노래한다. 시가 아니었다면 우리는 무엇이 되어 만났을까? 강을 건널 때마다 축축한 시의 물기를 조금씩 닦아낸다. '너는, 우는 게 어울리지 않아.' 하구에서 하구로 우리는 이렇게 하수.

스탠드

짧은 시간에도 빛이 충만해지는 스탠드가 왔다. 묘법
정사 천녀보살 국민철학관 제석천왕 탑산명도 장원산철
학관이 다다닥 붙어 있는 나의 골목에 네가 보내준 보살.
네 대답처럼 짧고 다정한 응, 같은 동그라미 스탠드. 우리
는 우리를 아직 몰랐을 때부터 지금까지 서서 뭘 하면 좋
을지를 몰라 그냥 서서,

뭐 할 거야? 씻을 거야, 시 쓸 거야? 응. 이렇게 대책 없는
귀를 서로에게 들이밀어 시를 듣고 말을 하고. 그래도 팔
딱팔딱 살아서 시가 아니면 아무것도 아니라 하고 연탄
밑에 연탄처럼 밑불이 되자. 불을 선물하자. 한 줌의 빛이
되자. 우리는 지진계보다 감수성이 예민하지만 그림이 중
요한지 대사가 중요한지 혹은 드라마가 중요한가보다는
입 안의 사탕이 아직 녹지 않음이 더 좋아서 화합이 잘되
고 안녕한 것이지.

이도 저도 아닐 때는 웃기기라도 한다면 최고인데, 나
는 엄마를 저수지에 밀어버린 시를 쓰고 감기라는 제목을
붙였던 어느 날처럼 못됐다. 돈을 훔쳤다든지 친구를 때
렸다, 는 시는 시시하고 자판기 커피가 따뜻해지는 시간
에도 독을 생각하고 후광 없는 신은 믿지 않았다. 상복을
미리 입고 온 사람처럼 검은 시를 만지면 너는 내게,

밥은 먹었니? 무슨 꿈 꿨어? 도깨비나 유령이나 그게 그
거지, 너는 둘 다 하지 마. 강아지한테 하듯 매일 내게, 집에
있는지 안인지 밖인지 걱정하며 매일. 서울 가지 마, 사람
들 많이 만나지 마, 잠 더 자, 누가 울어도 따라 울지 말고,
일해 놓고 다시 또 올게. 어떤 청명한 다음날엔 나는 너를
만나면 목인장 사줘 또 그러고.

권상진 —————— 시골시인-K

그냥을 바라보며

나는 슬픔을 잘 다루는 사람이라고 말하지만

너는 그냥에 가만히 기댄 채

슬픔에 잘 길들여진 사람이라 대답한다

나무날개

다리가 없는 그는 겨드랑이에 나무날개를 끼운다
무너진 자세를 고치며 목발로 나서는 밤길
설화는 달밤에 시작된다
외딴집 마당에 새도 사람도 아닌 것이 어른거리던 날
마을에는 인면조를 보았다는 소문이 돌았고
소문의 꼬리는 그 집 가까운 골목에서 끝이 났다
밤마다 그 집 마당에는 달빛을 등진 검은 그림자가
앙상한 날개뼈를 한껏 움츠렸다가
공중에 걸음을 놓아 보지만 번번이 곤두박질쳤다
어쩌다 외발이 날개를 앞지를 때에는
새 그림자에서 몸을 빼려는 사람 그림자가
빈 다리에 걸려 넘어지곤 했다
푸드덕, 허공을 짚는 날개 소리에
달빛이 담장 가로 쓸려 나갔다
사람을 놓아야 새가 될 수 있었다
구겨진 깃을 털고 날개를 가지런히 모으면
새의 울음을 울 수 있었다
빼곡히 찍힌 발자국마다 별빛이 박혔다
별들 사이로 검은 사람이 절룩이며 사라지고
나무날개를 짚은 새 하나 마당에서 걸어 나왔다

꽃문

꽃잎인 줄 알았다
끝내 속으로만 피고 지던
마음 한 잎 툭하고 여자의 발끝에 흘린 것 같아
처음엔 내가 먼저 붉었다

식탁 옆자리에서, 구멍 난 스타킹 끝을 슬쩍 당겨
엄지와 검지 사이에 밀어 넣던
여자도 꽃같이 잠시 붉었다

당신이 슬며시 열어놓은 수줍은 쪽문
그 문을 밀고 들어가 발목에 닿고 그 흰 줄기를 다 올라
가 꽃에 닿으면
내 마음이 비추던 방향으로 휘어져 오는 꽃대
그 위에 노을 지던 꽃잎, 비밀들

나는 나비처럼 꽃술에 붙었다가 떨어졌다가
당신의 저쪽까지 건너가 눈시울에서 빠져나오면
어느새 당신, 내 곁에 피어 있었다

속내를 들킨 것마냥
서로의 표정이 꽃문처럼 닫힐 때

여자는 아무도 들어올 수 없게
꽃무늬 방석을 발끝에 올려 두었다

당신의 바깥

자기가 삼킨 눈물에 빠져 죽은 사람을 안다
딱 그의 키만큼 울고 갔다
염장이가 그를 슬픔과 함께 단단히 묶고
눈물이 새 나가지 않도록 오동나무 관으로 경계를 두
르는 동안
죽음을 빙 둘러선 사람들은
그에게 흘러든 어떤 구름에 대해 증언하거나
자신의 몸에 눈금을 그어 보이는 시늉을 했다
막잔을 비우지 못하고 비틀거리며 일어설 때
코끝까지 차오른 눈물에 그가 술잔처럼
일렁이고 있다는 것을 아무도 몰랐다
우리는 모두 당신의 바깥에 서 있었다
울고 있었지만 아무도 당신이 술잔에 채워 준 구름을
마시지 않았다
한 이틀 슬픔들이 속속 다녀가고 마지막 날엔
잘게 부서진 눈물이 항아리에 고였다
주목나무 아래 그를 뿌려 두고 남은 이들이
출렁거리면서 산을 내려가고 있었다

장편

서재에 들어섰을 때
죽음은 그의 결말을 읽고 있었다
나란히 앉은 죽음과 나는 어스름한 그를
가끔 만지고 또 지켜보았다
그가 여린내기로 숨을 고르다
못갖춘마디로 말끝을 흐릴 때
흠칫 놀라 떨리는 입술에 귀를 대보던 죽음은
공중에 떠도는 마지막 말이
바닥에 내려앉기를 기다렸다가
사방에 흩어져 있는 침묵을 가만히 당겨와
적요한 얼굴을 덮어 주었다
순간 또 다른 목소리들은 공중에 생겨나 음악이 되고
젖은 악보에서 그가 다 쏟아져 나온 후에야 길을 내준다
한때 그를 나눠 가진 이들은
함께 머물던 페이지를 다시 뒤적이며
국화꽃 책갈피를 꽂아 놓고 자리를 떴다
죽음이 그를 모두 읽는 데 꼬박 칠십사 년이 걸렸다
그 길었던 서사의 마지막 장을 덮는 날
그가 서가 한 귀퉁이에 가지런히 꽂힌다

밑장

기회는 언제나 뒤집어진 채로 온다
공평이란 바로 이런 것
이 판에 들면 잘 섞어진 기회를
정확한 순서에 받을 수 있겠지
그래, 사는 일이란 쪼는 맛

딜러는 펼쳐놓은 이력서를 쓰윽 훑어보고
몇 장의 질문들을 능숙하게 돌린다
손에 쥔 패와 돌아오는 패는
일치되지 않는 무늬와 숫자로 모여들던
가족들의 저녁 표정 같았지만
여기서 덮을 수는 없는 일

비밀스레 돌아오는 마지막 패에는
섞이듯 섞이지 않는 카드가 있었고
꾼들은 그걸 밑장이라 불렀다
보이지 않는 손으로 밑장을 빼내
옆자리에 슬쩍 밀어줄 때, 딜러의 음흉한 표정이
밑장의 뒷면에 슬쩍 비치고 있었다

계절이 지나도록 판은 계속된다

어제 함께 국밥을 말아먹고 헤어졌던 이들이
더러는 있고 한둘은 보이지 않는 새 판에서
겨우내 패를 덮고 있던 나무가 자리를 당겨 앉아
새잎을 쪼고 있다
쪼는 족족 봄이다

밑장 없는 계절에 이력서를 쓰는 밤이 길다

교차로

도시의 기후는 건조합니다 아비를 따라 십수 년, 마른 땅에 그를 묻고 어미를 따라 다시 몇 년, 그 사이 아내를 얻고 어린것들은 또 생겨나 풀을 뜯습니다 늙은 어미가 게르에서 풀이 무성한 쪽으로 머리를 누이고 잠들었을 때 다시 짐을 싸는 아내는 이미 완경에 가깝습니다

열세 번의 거처를 옮기며 우리는 이 도시의 모든 골목을 완주했지만 다시 슬픔의 역순으로 떠나야 합니다 슬픔의 입구는 풀밭에 던져진 통발 같아서 빤히 보이는 희망을 다시 만날 수 없습니다 넓은 잎에 키 큰 나무 주변은 포식자들이 살고 경계를 따라 자라는 풀의 맛을 이어 봅니다 전세는 전세끼리 월세는 월세끼리 오와 열을 맞춰 사막 입구로 뻗어갑니다 유목의 피가 흐르는 양 떼가 초원의 서열을 몸에 익히고 초원의 경계에서 고개를 누입니다

이동 주기가 가까워오면 먹이를 찾는 포식자들이 황폐한 초원을 어슬렁거립니다. 먹어도 먹어도 배가 고픈 종족입니다 목초지에서 맹수를 만난 내가 한바탕 먹살잡이를 했고 몇 잔 술 나눠 마신 서쪽 하늘이 불콰한 나를 위로하며 골목까지 바래다주었습니다 맞습니다 풀 값이 또 올랐습니다 다시 떠나야 할 계절입니다

테트리스

다섯 평 원룸에 삼대가 삽니다
서로 살을 맞대는 일이
이 방에선 오히려 도덕적입니다

필요한 건 거의 다 있어요
꼭 필요하지 않은 게 없을 뿐
우아하게 놓여 있지 않을 뿐

딱 추워 죽지 않을 만큼, 딱 더워 죽지 않을 만큼
비좁은 계절은 독특했지만
봄과 가을이 그 사이에 한 번씩 있다는 게 어디예요

어쩌다 일요일
할머니의 낮잠이 가로로 눕습니다
아이들 숙제는 세로로 엎드리고
엄마는 하릴없이 동네를 걷습니다
경계는 언제나 접점입니다

바닥에는 서열이 있습니다 혹은 없습니다
할머니 이부자리가 깔리고 나면
우리는 나이순으로 혹은 귀가순으로 배치됩니다

매일 새로운 모양으로 완성되는 가족은
밀려난 옷걸이와 모로 누운 밥상이 있어서
언제나 안심입니다

방을 집이라 부릅니다
가끔 틈이 생기는 날도 있지만
그렇다고 이 집에다가
다시 칸을 지를 순 없잖아요

그냥

그냥, 이라고
네가 말하는 순간
그는 왼쪽에서 냥은 오른쪽에서
자동문처럼 스르륵 닫히고
우리는 견고한 그냥의 앞과 뒤에 서 있다

손잡이가 없는,
감정의 회로로만 구성된 그냥 앞에
한 걸음 더 다가섰지만
당분간 아무도 인식하지 않겠다는 듯
미동도 없는 문이었다

그냥을 바라보며
나는 슬픔을 잘 다루는 사람이라고 말하지만
너는 그냥에 가만히 기댄 채
슬픔에 잘 길들여진 사람이라 대답한다

열 개의 사전과 백 개의 공식으로도 풀리지 않는
천 개의 의문부호를 가진 말
사랑이라고 말하지 마라
그냥

이라는 말을 해독할 수 있을 때까지

풍등

사막의 모래 알갱이는 별들의 스트랜딩이라고 일행 중 누군가 말했을 때 사구 저편에서 후두둑 소리가 들렸다 심장에 불을 켜고, 지느러미가 돋은 한 무리 고래들이 하늘에서 지워지는 일이었다

간결한 일기를 쓰고 싶은 날에는 가망 없는 문장들에 두 줄을 그었다 부력을 지닌 단어들은 너무 가벼워서 마침표를 찍기도 전에 날아가 버릴 것 같았다

네 개의 보기 중에서 두 개를 버리는 것은 쉬운 일 할 수 있는 일은 일기장에, 하고 싶은 일은 풍등에 옮겨 적었다

이루어지지 않아도 된다 소망이란 원래 한 번도 이루어지지 않은 것들의 애칭이니까 책상 앞에 붙어 있는 포스트잇처럼 풍등을 하늘에 붙여 보고 싶었다

사막을 꿈의 해변이라 여기는 사람들에게, 멸종 위기의 꿈들이 기적처럼 모여 사는 이곳을 나는 꿈의 서식지라 말해 주겠다

사막이 주름을 접었다 펼 때마다 실패한 꿈들이 바람

의 결을 따라 일렁거린다 헤어진 애인이 문득 생각을 스쳐갔고 풍등에게 돌아올 좌표를 일러주지 않은 것은 잘한 일이었다

　　다시 풍등이 오른다 빛과 빛들이 번져 어두울 틈 없는 하늘, 수도 없이 오르고 점멸하며 사라지는 동안 사막은 후두둑 소리로 요란하겠지 누가 큰 소원을 빌었는지 별들 사이로 커다란 풍등 하나 달처럼 걸려 있다

가짜시인 생존기

권상진

첫 시를 얻다

첫사랑의 기억처럼 불현듯 시가 그리웠다. 고등학교 문예반 이후로 까맣게 잊고 지내다가 마법에 끌린 듯 시를 다시 만난 때가 2005년 5월경이었다. 설렘 하나로 내디딘 첫 발자국에는 벌써 먼지가 도톰하게 쌓였으리라. 그로부터 7년 여를 시와 시 아닌 것들의 경계에서 헤매다가 느지막이 첫 시를 얻었으니 재능 없는 사람에게 열정은 얼마나 난감한 일인가.

문학을 경제 논리에 비유하기는 좀 뭣하지만 사실 이보다 더 현실적인 비유를 아직 찾지 못했다. 초보 시인이 좌판에 내놓은 시들은 아무도 거들떠보지 않았다. 가뭄에 콩 나듯 손님이 오기는 하지만 물건은 뒷전이고 메이커를 보고는 제자리에 놓고 떠나기가 일쑤였다. 그 후 3년간 나는 단 한 편의 시도 팔지 못하고 한 손에는 시를 다른 한 손에는 절망을 들고 문단을 헤맸다. 시인이라는 이름에 도취되어 시에만 매달렸다면 나와 내 식구들은 아마 한 번도 경험해 보지 못한 의식주를 맛보게 되었을지도 모른다. 다행히 내게는 직장이라는 든든한 뒷배가 있었다.

어디로 등단하셨어요?

면전에 대놓고, 아니면 지인을 통해서 나의 출신 성분을 묻는 사람들이 있다. 사농공상의 시대를 사는 것도 아닌데 화끈거리는 얼굴을 감출 수가 없다. 그들은 눈빛과 말투에 시인의 티를 팍팍 풍기며 호기심을 갖다가 나의 정체가 드러나면 대화는 그것으로 끝을 맺었다. 아무도 알아주지 않는 등단지 이름은 내가 쓴 시들은 물론이고 시에 대한 진정성과 나의 인격까지도 삼류로 규정해버리는 듯했다. 한번은 어떤 지면에 시를 실을 기회가 있어서 프로필을 보냈는데 약력에 써진 등단 지면을 보고는 단호한 어투로 "여기는 등단이 아니에요!"라며 이력에서 빼자는 회신을 보내왔다.

세상에 내보내는 첫 번째 프로필이었는데 보기 좋게 망신을 당하고 말았다. 나를 추천한 자신들의 얼굴에 흠이 생길까 염려했는지, 나의 앞날을 위해 고민해서 한 말이었는지 알 수 없었지만 무너진 자존심을 회복하는 데는 제법 많은 날들이 필요했다. 처음으로 나를 시적 인간으로 인정해 주고 시와 인연을 맺게 해준 그 등단지에는 죄스러운 일이지만 그때 이후 등단 약력을 쓸 수 없게 되었다. 시를 읽기 전에 절대로 시인의 프로필을 먼저 보지 않는다. 선입견에 시가 가려져서는 안 된다는 생각에 지금까지도 그것을 시와 시인을 대하는 나만의 예의로 삼고 있다.

시골시인

우여곡절이 있었지만 어쨌거나 나의 최종 학력은 고졸이고, 공장 노동자 생활로 시작된 첫 직장이 지금 이 순간까지 이어지고 있다. 아무도 인정해 주지 않는 매체를 통해 문단에 흘러들어 왔고 문학의 본류에서 멀리 떨어진어느 외진 시골에서 시를 받아쓰고 있다. '쓴다'라는 조건만 놓고 보면 그리 나쁜 상황은 아니다. 어차피 시란, 삶과 사물에 대한 새로운 인식을 자신의 성품을 통해 드러내는 것이다. 쓰는 사람이 비단방석에 앉았든 볏짚을 깔고앉았든 그건 각자의 자리에서 세상을 재해석하는 일이니좋고 나쁨을 따질 바는 아니다. 문제는 '쓴다' 이후의 일이다. 짧은 가방끈, 내세울 것 없는 직업과 등단지를 가진 시골뜨기가 그야말로 시인으로서 최악의 조건을 두루 갖춘완벽한 이방인이라는 것을 깨닫는 데는 그리 오랜 시간이필요하지 않았다.

부끄러운 고백

골방에 틀어박혀 시를 살아온 나는 듣기 불편한 말이있다. "묵묵히 좋은 시를 쓰면 저절로 드러나게 되어 있다."는 말. 하지만 독자가 없는 시는 처음부터 쓰이지 않은것과 무엇이 다른가. 미안하지만 내게는 명성을 가진 이들의 거드름처럼 들린다. 그것은 '이미 인적 네트워크가구성된 상태에서'라는 말이 생략된 것이라고 그들은 말해 주지 않았다. 그렇다고 내가 이 말의 뒷면을 읽을 줄 모르는 아둔한 글쟁이는 아니다.

별빛 밝은 벤치에 앉아 오래 그 말을 곱씹어 보았다. 좋은 시를 써야 한다는 것은 만고불변의 진리이고 핵심은 '묵묵히'에 있음을 온밤을 함께 지새운 별들이 알려주었다. 귀 막고 입 닫고 관계를 단절한 고립무원의 세계에서 시만 파먹고 있으라는 얘기는 절대 아닐 것이다. 좋은 선후배를 가려 만나되 고요하고 정갈하고 겸손한 말과 행동으로 자신을 낮추라는 뜻일 게다. 좀 가벼운 언어로 대신하자면 '나대지 말라'는 경고가 아닐까. 시인이 시를 쓰는 일보다 인적 네트워크를 더 중요하게 생각하고 작품으로 평가받기보다 인맥을 이용해 이름을 알리려는 약은 행동을 경계하라는 것일 게다. 이미 별이 된 시인들은 시인 이전에 인간이 되어야 한다는 것을 모두 알고 있었던 것이다.

부끄러운 고백이지만 나 역시도 첫 시집이 나올 즈음 어떻게든 나를 세상에 알려보고 싶은 욕심이 생겼었다. 여기저기 모임에 가입을 하고 서울을 드나들고 시인들이 모이는 행사를 찾아다니며 얼굴을 내밀려고 무던히 애를 쓴 적이 있었다. 돌이켜보면 2년 여의 시간을 그렇게 보낸 듯하다. 그러는 동안 출신을 묻고 돌아서는 시인 비슷한 사람도 만났고 진짜 시인도 만났지만 자꾸만 초라해져가는 내 모습을 더 자주 만났다. 좋은 시를 쓰려 하지 않고 나를 드러낼 궁리만 하고 있는 스스로를 발견하게 된 것이다. 돌아

보니 나는 보이지 않고 허영만 가득 차 있는 가짜시인이
되어 있었다.

　시는 있었으나 '좋은'은 어디에서도'좋은'은 어디에서
도 찾아볼 수가 없었다. 부끄러움에 심장이 떨렸다. SNS는
물론이고 크든 작든 모임들을 정리하고서야 시와 처음 만
났던 곳에 웅크리고 있는 나에게로 다시 돌아올 수 있었
다. 첫 시집에 머리를 박고 한참 동안 반성의 시간을 보내
고 다시 벼루와 먹을 찾아 시를 갈고 있던 날, 낙향 후 초야
에 묻혀 은둔생활을 하던 선배 시인에게서 기별이 왔다.

　거사, 그리고

　왕후장상의 씨가 따로 있나!
　서울 도성을 치러 갑시다!

　시골 원년 7월 모일 경상도 창원 어느 주막에서 분기탱
천한 한 무리의 시골시인들이 시의 깃발을 높이 들고 출
정식을 가졌다. 견고한 도성의 장벽을 허물고 만인이 평
등한 시의 세상을 꿈꾸는 것만으로도 행복했다. 비록 우
리 시의 날이 무뎌 이번 거사가 도성을 함락시키는 데 실
패하더라도 목숨이 붙어 있거든 다시 시골로 돌아와 시의
날을 벼리고 후사를 도모하자며 막걸리 잔을 또한 높이
들었다.

시골에서 시를 쓴다는 것은 외롭고 쓸쓸한 일이다. 학연과 지연, 정보와 기회, 이 모든 없는 것들을 열정 하나로 극복해내는 일이다. 그렇다고 불평불만만 늘어놓으며 시를 게을리하는 염치없는 시인은 되고 싶지 않다. 하고 싶은 말이 있으면 시로 말하면 된다. 시가 곧 자기 자신임을 항상 잊지 말고 가벼운 입만 놀리기보다는 묵직한 시 한 편으로 존재할 수 있는 그날까지 시와 더불어 살 일이다.

시인은 언제 어디서나 고귀한 존재임을 잊지 않으면서.

3 ──────── 잘 풀려 여기까지 왔네요

3 유승영 ——————— 시골시인-K

해골바가지에 마시는 물은 당도가 적당해서 좋아

마음만 먹으면 해골을 들고 노래도 부를 수 있어

예를 들어 비 내리는 고모령에서 제주도의 푸른

밤까지 말이야

비 내리는 고모령은 곧 제주도의 푸른 밤이지

착각의 중심

눈을 어디에 두고 다니는 거예요
눈이 보이지 않는 건 내 탓이 아니에요
귀가 들리지 않는 건 내 탓이 아니라고요
아C 비키란 말이야 안간힘을 쓰면서 넘어지는데

넘어지는 모든 것은, 중심이 세워졌다는 말

자전거는 창피함을 무릅쓰고 달아난다
마스크가 웃는다 오늘은 마스크를 끼고 웃는 날
통장을 해약하고 돌아오는 길이었다
이제는 생각하지 않아도 되는 통장이다
해약은 가던 길을 계속 가는 것이다
자전거가 자꾸만 뭐라 해도
보란 듯이 가던 길을 가는 것이다
해약은 빨간 줄이 그어지는 일이다
해약은 보나 마나 한 통장이다
해약은 이제 다시 굴러가지 않는 시간
자전거가 넘어진 것은 조금 전
통장을 해약했기 때문이다

넘어지는 모든 것들은, 중심이 사라진다는 말

할머니와 봉숭아

장독대에 봉숭아가 피었어요
삐죽삐죽 봉숭아가 지천이에요
할머니는 무슨 노래인가 흥얼거려요
음도 박자도 매일 달라요
할머니는 어디에서나 노래를 불러요
기쁘거나 슬퍼도 노래를 불러요

키우던 개를 내려치던 할아버지
할머니는 있는 힘껏 개를 붙잡고 있었어요
마른번개가 내리쳤어요
아무리 쳐도 개는 죽지 않았어요
죽을 때까지 죽을 힘을 다해 내려쳤어요
할아버지도 할머니도 키우던 개도 지쳐 쓰러졌어요
핏빛 하늘이었어요

장독대에서 흥얼흥얼 정신줄을 놓은 듯
할머니의 노래는 몇날 며칠 이어졌어요

공군부대부설 고등학교

유리 만드는 아이는 날마다 유리병을 갖다 주었다

매일 저녁 신문지에 꼭꼭 싸와서 내미는 아이였다

유리병은 둥글거나 네모났고 엄마는 마늘단을 엮느라
나를 봐주지 않았고

아이는 둥근 유리병을 모았다 유리병은 어떻게든 깨지
지 않았다

나처럼 키가 작은 아이는 얼굴이 자주 붉어졌다

복숭아뼈에 걸린 스커트는 조금씩 짧아졌고

아이는 날마다 유리병을 가방에서 꺼냈다

집에는 곧 유리병이 쌓였고 엄마는 유리병을 땅에 묻
기 시작했다

빵 냄새는 고급스러웠다

엄마 몰래 빵 바구니에서 빵을 꺼내 먹는 즐거움

아이는 고소하게 달콤하게 빵 꿈을 꾸었다

유리병처럼 유리병 속 밤 빵처럼

유리병 속에 갇힌 말들은

자꾸만 말을 더듬거려

어떤 날은 한마디도 꺼내지 못하고

책을 읽을 때도 더듬더듬 신발을 신을 때도 더듬더듬

줄넘기를 할 때도 더듬더듬 키가 작아 더듬거리는 일

이 많았다

　　갇힌 언어들을 꺼내어 빵 바구니에 담았다
　　언어는 진공 밖에서 소리를 만들었다
　　더듬거렸기에 또 다른 면이 생겼고
　　더듬거려서 뒤를 돌아볼 수 있었다
　　동생이 집을 나가던 밤도 그랬다

　　유리병 속에서 나를 꺼내 주던 것은 유리병이었다

안드로메다

잠깐만 기다려주시겠습니까

카카오 택시를 불렀는데요 내가 서 있는 곳은 그러니까 가로수길 53층 복합상가 앞인데요 잠깐만 기다려주시겠습니까 방금 이를 뽑고 나와서 솜을 틀어막고 있거든요 풀리지 않은 입술과 풀리지 않은 반쪽 얼굴이 나 대신 서 있을 거예요 공사장 먼지가 자꾸만 달라붙어서 풀리지 않은 입술과 얼굴이 어디론가 날아가 버릴지도, 잠깐만 기다려주시겠습니까 입술과 얼굴이 풀릴 때까지 말입니다

잠깐만 기다려주시겠습니까

카카오 택시는 어디에서 빙빙 돌고 있는 걸까요 곧 도착이라는데 번호판이 보이질 않아요 그도 돌고 나도 돌고 눈알이 돌 지경입니다 53층 주상복합은 불이 나서 방금 소방차가 다녀갔습니다 먼지들이 일으킨 불이라고 합니다 잠깐만 기다려주시겠습니까 나머지 이를 뽑고 오겠습니다 카카오 택시는 아직도 돌고 있다고 합니다 돌다가 돌아가는 카카오 잠깐만 기다려주시겠습니까 나의 사랑하는 카카오

맛 좋은 다리

배가 고플 때는 닭다리가 최고지
몰래 먹는 다리는 맛있고 몰래 먹는 다리는 달콤해
통째로 구워져 통째로 줄어든 닭이라는,
닭은 쫄깃하며 먹기 좋은 모양으로 배달되지
누워 있는 것도 아니고 앉아 있는 것도 아니고
앞다리여도 좋고 뒷다리여도 좋은
지금은 다리의 시대

중심이어서 버릴 수 없는 다리
가장 먼저 손이 가는 다리
어디든 갈 수 있고 어디든 달아나는 다리
다리를 만지려다 망신 당한 사내를 잊을 수 없어
허락 없이 먹을 수 있지만 만질 수는 없어
다리는 방향이고 수신호야
앞다리도 뒷다리도 모두 필요하지
누구든 지나치지 못하는,

나에게 스승은 없소

페이스북은 나와 친하지 않소
예멘의 박사 킴은 계속계속 친구 신청을 하는데
날씨가 무척이나 덥소 제기랄,
나의 스승은 온데간데없소
가끔씩 숨을 고르는 플룻의 탁음이 좋소
발가락 끝에서 팽팽한 편도까지 최선을 다하면
한 곡 정도는 거뜬하오
몸을 관통하는 건 태풍만이 아니오
픽션도 팩션도 따지고 보면 같은 말
그것이나 그것이나 한통속이오
'페르난도 페소아'가 '글렌 굴드'가 '죽음의 한 연구'가
늪에서 늪으로 늪을 먹고 늪을 노래하오

죽음은 끝이 아니오
죽음은 피투성이며 거꾸로 매달려
타다 만 발바닥이며
사지를 뻗고 잠이 드는 움막이오

수요일엔 노래방에서 노래 부르오
어울리지 못해 나는 꿔다 놓은 보릿자루요
끼지도 못하고 빠지지도 못하고 뱅뱅 돌고 있소

대리기사를 부를 때 멀쩡해서 미안하오
노래 못 불러 죽은 귀신이 붙은 수요일
친하지 않은 페이스북이나 들락거려야겠소
예멘의 박사 킴은 산 채로 매장시켰소
차단만이 살 길이오
참된 스승은 없소
나에게 스승은 없소

하마터면

미국의 양부모가 오는 날입니다
키가 크며 주름의 눈매가 닮은 미국인 부부
나는 가만가만 웃었습니다
나는 가만가만 웃다가 말았습니다
당장 어떻게라도 데리고 갈 작정입니다
엄마와 미국인 부부와 통역사는 한참 동안 이야기를
합니다
눈이 젖은 엄마를 봅니다

반짝반짝
크리스마스카드가 도착합니다
데려오지 못해서 많이 아쉬웠다고 합니다
크리스마스엔 마을이 부자가 됩니다
옥수수가루와 푸짐한 선물이 쌓입니다
올록볼록 엠보싱의 하얀 블라우스를 입고
커다란 꽃무늬 치마바지를 입고 사진을 찍습니다
미국 양부모에게 보낼 사진입니다
하얀 토끼이빨을 드러내고 아이는 웃을까 말까

해가 지도록 엄마를 기다립니다
바구니의 빵이 아직 팔리지 않았나 봐요

털신을 신고 눈길을 걷습니다
어린 나는 엄마를 위해 기도합니다
엄마를 기다리는 시간이 짧아지기를
아이들은 모두 집으로 돌아가고
나는 엄마를 기다립니다

미광 핸드백

미싱은 권위가 있고 미싱은 전문적이다
가죽 냄새에 푹 담긴 제1작업장에서
하루 온종일 가죽을 박아대는 여자
하얀 스카프를 쓴 언니 같은 여자
〈실밥을 딸 때는 가죽에 스크래치가 나면 안 돼〉
〈천천히 신중해야 해〉
실밥은 가죽과 가죽을 이어 준다
실밥을 잘 따면 언니가 웃어 준다
실밥은 나를 배부르게 한다
실밥은 햇살에 날아다닌다
실밥 속에서 실밥을 따는 아이
실밥을 따는 의자는 등받이가 없다
방심을 하면 산더미가 되기 때문이다

나는 언제쯤 미싱에 앉을 수 있을까요
실밥이 눈이 부셔요

내가 딴 실밥은 최초의 가방이 되고
손이 빠른 것은 실밥을 잘 따기 때문이라 했다
실밥은 기름칠한 미싱이다
내가 밥을 먹는 일이다

일정한 가죽들 일정한 원단들 사이에서
저 가죽의 이름을 모르는 것은 당연한 일
실밥을 따는 일 외에는 아무것도 모른다
창문 위로 파편처럼 반짝거린다
쪽가위에 달라붙은 실밥들 실밥들
깜박 졸다가 바늘에 손가락을 박고
언니 같은 미싱사는 핏물에 놀라 잠이 깨고
가죽이거나 비닐이거나

자꾸만 딸려 나오는,

긴급과 재난 사이

긴급 재난 문자가 지긋지긋해요

확진자와 사망자를 구분하는 건 손가락이 하는 일

손가락이, 손목이, 팔꿈치가 엘보가 되어야 해요

엘보가 되기 위해 팔꿈치에 구멍을 뚫어요

구멍 뚫린 팔꿈치는 접거나 펼 수 없어요

구멍이 채워져야 상자를 들 수 있어요

지금부터 나는 뉴스에 집중해야 해요

파상풍도 선별진료소를 가야 해요 도로에서 열을 재고

내려진 열은 집으로 보내고 그도 저도 아니면 주차장
으로

주차장에서 엉덩이를 내리고 주사를 맞아야 해요

나는 뚫린 뼈를 감추느라 마스크를 꼈다 벗었다

한 걸음도 떼지 못하겠는걸요

문을 닫지 못하니 지붕이 날아가 버리겠는걸요

방금 인사를 나눈 오토바이가 사거리에서 튕겨 나갔
어요

엘보를 치료하던 앰뷸런스가 달려요

여덟 개 중에서 두 개만 이어지면

접었다 펼 수 있겠어요

손목으로 가는 구름이 신호 대기에 걸렸어요

유승영

나는 진보할 것이다

유승영

1

번잡한 것이 싫어서 서울을 벗어났다. 시다운 시를 찾아 시인다운 시인을 찾아 떠나온 이곳은 서울과 달리 하루하루가 소풍이다. 바람과 구름과 하늘빛이 다르고 어디로든 떠날 수 있는, 사방이 트인 곳. 때아닌 코로나로 시내를 벗어나 걷는 날이 많아졌다. 벌(bee)의 무리를 따라가 봤다. 그 벌(bee)이 그 벌(bee) 같은데 벌들의 취향은 독특하거나 모양새가 달랐다. 윙윙 소리 내며 집단으로 덤벼들 것 같아 조심조심 가만히 따라가 보았다. 여왕벌을 따라나서는 듯 일제히 날아오르더니 각자 흩어지는 벌(bee).

2

우리의 시는 각기 다르다. 시의 냄새와 색깔이 다르듯 우리 시의 몸은 분명히 다르다. 하는 짓이 다르고 노는 것이 다르고 먹는 것과 입는 것이 다르고 습관 또한 각기 다르다. 자세히 들여다보니 벌은 집단이 아니고 개체였다. 무리 지어 여왕벌을 향하는 것처럼 보였는데 각자의 성향대로 판단하고 생각하며 각자의 길로 가는 것이었다. 문

학의 시도와 접근 또한 하나로 정의할 수 없듯이 각자의
지점과 공간에서 바라보는 관점에 따라 시의 형식(방식)
이 완전히 달라지는 것이다.

3

시는 배워서 되는 것이 아니다. 스스로 알아차리는 것
이다. 혼자 골방에서 절망의 끝까지 가야 한다. 시를 가르
치고 시를 배우려고 모였다 흩어지는 사람들. 시를 쓰기
시작하면 사람들이 이상하게 변한다. 마치 주류인 듯 이
리저리 몰려다니며 눈도장을 찍기 위해 행사장을 기웃거
리거나 줄을 서기도 한다. 지면 얻기에 최선을 다하는 시
인들이 있다. 나처럼 골방에 박혀 있으면 모든 것이 한발
늦다. 나의 등단과 첫 시집이 그러했다.

4

나는 백석을 좋아한다. 만주라는 변방에서 철저히 혼
자 詩로서 변화의 꿈을 이루었던 백석 시인. 문학의 이상
과 현실에서 식민지적 변모를 추구하며 시대와 단절되어
스스로 소외되었고 폐쇄적이지만 능동적인 문학을 이루
었던 백석 시인. 그에게 스승은 없었다. 詩의 스승은 없다
는 말이다. 지금 우리 시대의 문학을 보라. 결국엔 인맥이
또는 문단의 주류가 판을 치고 있다. 문학상은 넘쳐나고
너도 나도 시인이다. 시 아닌 것들을 가려내는 일이 만만

찮아졌다. 현대시의 태동이었으며 시발점이었던 백석의 정신은 어디에도 없다.

5

과감하게 서울을 떠나 시의 형태를 갖추려고 내려왔다. 나는 여기에서 문학의 민낯을 모두 섭렵했다. 나에게 '섭렵'이란, 굳이 알려고 하지 않아도 다 알게 되었다는 말, 문학의 꼴을 다 보아버렸다는 말이다. 미묘한 알레고리로 뭉친 것들로부터의 자연적인 멈춤이거나 나같이 생겨먹은 것은 철저히 혼자서 글을 써야 하는, 이곳은 변방이다. 어쩌면 내 몸이 변방일지도 모르겠다. 스스로 차단하고 스스로 찾아 읽고 스스로 정신을 비웠다가 채웠다가, 일 외에는 나가지 않는다. 더 오지였다면 좋겠다. 살림살이가 좀 더 비워지면 좀 더 오지로 들어갈 것이다.

6

백석이 현실로부터 거리를 두고 자신의 내면을 외면한 것처럼, 낯선 공간을 구체적인 장소로 변화시켰던 것처럼 이곳으로, 변방으로의 장소 이동은 나에게 혁명이기도 하다. 나를 바꾸고자 하는 첫 번째 결단이었다. 이곳에서 문학의 자존을 세우고 싶다. 시다운 시를 쓰고 싶다. 스스로 개척하며 스스로 시의 원형이 될 것이다. 시를 쓰는 일은 인간관계가 아니다. 시인다운 시인들을 만나고 싶다. 시

는 가르치는 일이 아니듯 시 쓰는 법은 어디에도 없다. 시
는 자신의 무덤 속에서 무덤을 파헤치는 일이다.

7

하얀 지면에서 첫 것을 만나는 일. 곧 친숙한 것으로부
터의 다르게 생각하기와 그 낯선 패러다임의 변화를 붙
들고 사물에서 한 발짝 떨어져서 보는 일이다. 실체가 없
는 비이성적인 두려움으로 내 시가 어느 지점에 있는지를
살펴보면서 말이다. 나는 '미생未生'이라는 단어를 좋아
한다. 아직 살아 있지 못한 자로서 날마다 태어나는. 하루
의 거리距離가 누군가로 가득 차고 누군가의 하루로 쏟아
지듯이 날마다 새로운 낯섦이 나를 훑고 지나가기를 바란
다. 사랑하는 나의 벌(bee).

4 　　　권수진 ─────── 시골시인-K

위에서 아래로 흐르는 물도

막다른 곳에 봉착하면

역류하는 것처럼

가끔 그런 경우가 있습니다

벚꽃 질 무렵

꽃이 피고 꽃잎 떨어지는 과정을 이별이라 부른다
가로수 즐비한 거리 위로
시원을 알 수 없는 어디선가 바람 불면
치어를 산란하듯 허공에 흩날리는 꽃잎, 꽃잎들
비장하게 때로는 장렬하게
사랑하면 떠날 줄도 알아야 한다고
두 손 맞잡은 연인끼리 따스한 햇살 만끽하는 거리에서
내 마음은 차가운 한겨울이었네
일생에 단 한 번 세상에서 가장 화려한 모습으로
당신의 시선을 되돌릴 수 있다면
정녕 그럴 수만 있다면
눈발처럼 사라지는 찰나의 순간이어도 좋다
잠시 그대 곁에 머무는 동안에는
화창한 봄날이었으니

소춘小春

한 번쯤 그럴 때가 있습니다

순리를 따르는 편이지만
순리를 거스르는

국화 옆에서
개나리, 진달래, 목련이 먼저 떠오르는
그런 날들이 있습니다

반란은 아닙니다
배신도 아닙니다

위에서 아래로 흐르는 물도
막다른 곳에 봉착하면
역류하는 것처럼

가끔 그런 경우가 있습니다

한번 뿌리내린 그 자리에
긴 세월 서 있는 나무도
바람이 불 때마다

수시로 나뭇잎이 흔들리는 것처럼

흔들리지 말아야 할 곳에서
지난 계절을 되돌아볼 때가 있습니다

아주 가끔
당신이 생각날 때가 있습니다
당신이 그리울 때가 있습니다

싱크홀

고요한 강물 위에
돌멩이 하나 던졌을 뿐인데
딱 돌멩이 크기만큼
파문이 일고
파문은 꼬리에 꼬리를 물고

결국
저 넓은 강 전체가 소용돌이친다

내 심장을 겨냥한
너라는 돌멩이가
이 도시 어딘가에서 파문이 일 때
주체할 수 없는
내 온몸 심하게 신열을 앓고

잠시, 우주의 중심축이 비틀거렸다

사람들은 저마다
자신이 감당해야 할 크기의 구멍이 있는가 보다
뻥 뚫린 구멍 사이로

측량할 수 없는 바람이 불고
꽃은 또 피고 지고

그대를 위해
쌓아 올린 공든 탑
밑도 끝도 없이 와르르 무너지는 건
한순간이었다

내 가슴 깊은 곳
아물 수 없는 상처가 되어

바람이 불 때마다
공명처럼 울리는 그대여

마을버스

버스는 항상
정해진 노선을 향해 달리고 있었다
무료한 일상을 반복하는
우리네 인생처럼

차창 밖으로 보이는 익숙한 풍경들이
어제가 다르고
오늘이 다른 것을 모르고
늘 똑같은 시선으로
늘 똑같은 생각으로
무료하게 세상을 바라보았다

버스가 정거장에 멈춰 설 때마다
으레 망자를 조문하고
축의금 몇 푼을 봉투에 넣고
조금 전까지 내 옆에 앉은 승객들이
언제 사라진 줄도 모른 채
정신없이 앞만 보며 달렸다

버스 안에 서 있는 사람들은 서로를 등지고 있어
누가 내리고 탔는지 관심도 없이

억지로 선잠을 청하거나
핸드폰을 만지작거리거나
행여 상대가 불편한 행동을 하는 날이면
자주 인상을 찌푸리기도 했다

저마다 동승한 사연은 달라도
똑같은 처지에 놓인 똑같은 사람들끼리
목적지가 같은 줄도 모른 채
종착역은 점점 가까워지고 있었다

그사이 수많은 인연을 만났고
또 헤어지기도 했다

불혹

더러는 결혼을 하고
더러는 이혼을 했다

더러는 자랑을 하고
더러는 후회를 했다

하루에 두 끼를 먹었다
음식을 줄여도 배가 튀어나왔다

아픈 상처는 잘 낫지 않고
약봉지가 늘어갔다

보이지 않던 것을 보게 되는 눈을 가졌고
세상은 보기보다 유혹이 많다는 걸

유혹하는 것보다
유혹을 뿌리치는 힘이 중요하다는 걸
알기 시작했다

더러는 금주를 하고
더러는 금연을 했다

새로운 만남이 늘어날수록
불필요한 인간관계를 정리하기 시작했다

재혼을 원하는 사람이 있는가 하면
몇몇은 결혼을 후회했다

혼자 사는 방식에 익숙한 사람들이
각자의 견고한 벽을 쌓았다

새해에 비는 소원이 줄었고
정확한 나이가 몇인지
자주 헷갈렸다

가끔 만사를 제쳐 두고 무작정
어디론가 떠나고 싶었다
영영 먼 곳으로 떠난 이도 있었다

기호식품

가끔, 담배를 거꾸로 입에 물고
불을 붙이는 경우가 있다

술잔을 치켜들다가
맥없이 술을
바닥에 엎지르는 경우가 있다

오늘, 신발을 거꾸로 신고 있는 한 여자를 보았다
하늘은 파랗고, 흰 구름 두둥실
저 멀리 사라지는데

어디로 가느냐고 묻지 않았다
떠나는 이유도 묻지 않았다

사랑이 식으면
다시 주워 담을 수 없다는 걸
배웠으니까

아프도록

하루살이

단 하루를 살더라도
창공을 높이 날 수 있다면
삼 년이란 긴 세월을
벌레처럼 기어 다닐 수 있다

단 하루를 사는 동안
당신 곁에 머무를 수 있다면
적어도 스물다섯 번 이상
내 몸의 허물을 벗어던질 수 있다

단 하루만이라도
사랑이 내게 허락된다면
오장육부를 모두 퇴화시킬 수 있다

만인이 쳐다보는 한가운데
세상에서 가장 화려한 날갯짓으로
당신을 껴안을 수 있다면
하루뿐인 목숨이라도 후회는 없다

당신을 위해서라면
사랑하다가 죽어버릴 수 있다

시소

내가 바닥을 치는 순간 당신은 하늘 높이 날아올랐지
당신이 나락으로 떨어질 때
내가 공중으로 치솟아 오른 것처럼

늘 서로의 균형점을 맞추려고
부단한 노력을 기울였는데
수평적 사이가 아니란 걸 알기까지
긴 시간이 필요하진 않았어

서로 얼굴 마주 보며 대면하는 일이 잦아질수록
항상 일정한 거리를 유지해야만 했지
농담을 주고받는 거리는 아니었어

때론 운명의 장난 같기도 했어
사람과 사람 사이
살면서 엎치락뒤치락해도
이렇게 엇갈린 경우는 없었으니까

해맑게 뛰어놀던 아이들 하나둘씩
모두 집으로 돌아가고
텅 빈 놀이터에서

너와 단둘이 남던 어느 날

어색한 기운이 주변을 맴도는데
무슨 말을 해야 할지
어떤 표정을 지어야 할지
혼자서 도저히 풀 수 없는 숙제 같았어

해 질 녘 기울어진 운동장 위에서
한 쪽이 추락할수록
다른 쪽이 날개를 다는 이유를
아직 잘 모르고 살아

수묵담채화

완성되기 전까지는 몰랐어요

화선지에 스며든 붓이 걸어간 길을

붓끝에서 손끝으로 전해지던

당신의 당찬 필체를 기억하고 있습니다

천천히 때로는 가파르게 휙 돌아서는

붓 선의 재빠른 손놀림 어디쯤에서

당신은 사라지고 말았지요

당신을 찾느라 분주한 시간을 보내는 동안

허공 위에 휘영청 달이 뜨고

나는 어느새 기암절벽에 걸터앉은 신선이 되었네요

발아래 흐르는 강물 위로

나룻배 한 척이 지나가고 있습니다

노 젓는 어부는 지금 무슨 생각을 하고 있을까요?

설마 당신 생각에 머무는 건 아니겠지요

저 멀리 오막살이집 한 채도 보입니다

자연에 묻혀 당신과 함께 그리고 싶었던

하늘과 바람과 꽃과 나비와 총총한 별들의 향연

살다 보니 여백이 더 많았네요

나는 시를 쓴다, 고로 존재한다

권수진

너는 취직을 해라, 나는 글을 쓸 테니

어쩌다가 나는 시인이 되었는가? 주변 사람들이 나를 두고 '권 시인', '권 시인' 하는 걸 보면 시인이 맞긴 맞나 보다. 시인이라는 꼬리표를 달고 살다 보면 종종 "언제부터 시를 쓰기 시작했냐?"는 질문을 받게 된다. 이런 질문을 받을 때마다 난처하지 않을 수 없다. 질문의 요지가 공식적인 등단 절차나 수상 실적 등을 묻는 것은 아닐 테고, 본격적으로 시를 쓰겠다고 결심하게 된 동기를 물어본 것 같은데 솔직히 고백하면 나도 그 부분에 대해서는 잘 모르겠다. 나는 언제부터 시를 쓰기로 작심한 것일까? 여하튼 나는 언제부턴가 시를 쓰기 시작했고, 지금도 계속해서 시를 쓰고 있으며, 사람들 사이에서 '시인'으로 불린다.

기억을 거슬러 학창 시절로 되돌아가 보면 매년 낙엽 지는 가을쯤 교내에서는 백일장을 열었다. 또래 친구들은 대부분 그날을 쉬는 날 정도로 생각하며 대충 작성한 원고를 제출했지만 나는 나름 진지하게 글을 썼던 것으로 기억된다. 물론 결과는 처참했다. 졸업하는 날까지 그 흔한 상 하나 받은 적 없었으니까. 내 작품이 당선작으로 뽑

히기 위해서는 또다시 내년을 기약해야만 했다. 그땐 왜 그랬는지 모르겠지만 백일장 대회에서 낙선한 것이 중간고사나 기말고사를 망친 것보다 더 큰 실망과 분노로 다가왔었다. 나의 실력 부족을 탓하기보다 그 원인을 남들에게서 찾으려던 시절이었다.

대학에 들어가서 철학을 전공했다. 입시지옥에서 벗어나 정말로 관심 있는 분야를 공부하고 싶었다. 다행스럽게 철학이라는 학문은 나의 적성과 너무 잘 맞아 늘 전공서적을 옆에 끼고 살았다. 세상은 호기심으로 가득 차 있었고, 수많은 철학자의 사유를 열심히 따라가다 보면 호기심을 풀 수 있는 열쇠를 찾을 것만 같았다. 철학적 사유를 문자로 표기하는 반복된 훈련을 하다 보니 글 쓰는 작업이 어느 정도 익숙해지는 경지에 이르렀다. 물론 그 당시 내가 쓴 글 대부분은 전문적인 수준의 글은 아니었고, 교내 학보사에서 청탁이 들어오면 칼럼 따위를 쓰거나 철학 동인지 같은 곳에 소논문이 실리는 정도였다.

졸업 후 주변 사람들이 대부분 취업에 혈안이 되어 있을 때 나는 그들과 조금 다른 길을 선택하기로 마음먹었던 것 같다. 대학에서 배운 철학이란 학문 자체가 물질적인 가치를 추구하는 학문이 아닌 데다가 어떤 분야든 한 곳에서 열심히 하다 보면 먹고사는 문제는 저절로 해결될 것이라는 낭만이 남아 있던 시절이기도 했다. 동기들이나 선후배들의 취직 소식을 연이어 접하는 동안 나는 철학

공부를 계속하면서 금전이 필요할 때마다 아르바이트 형식으로 그 문제를 해결해가면서 살았다.

등단만 하면 모든 게 끝나는 줄 알았다

잠시 직업군인 생활을 한 관계로 남들보다 군 복무 기간이 길었다. 전방과 후방 부대에 모두 몸담고 있으면서 전방에서는 GOP 철책선을 지켰고 후방에서는 강안 및 해안 경계 임무를 주로 맡았다. 군 생활을 해본 사람들은 알겠지만 군대 내에서는 마음 편히 독서를 한다거나 공부에만 집중할 수 있는 여건이 아니다. 그래서인지 몰라도 한자리에 묵묵히 앉아 고도의 집중력을 요구하는 전공 책보다 언제 어디서라도 쉽게 꺼내 볼 수 있는 시집을 주로 읽었던 것으로 기억된다. 이 시기에 우리나라 최초의 근대 시인 최남선의 「해에게서 소년에게」에서부터, 황병승으로 시작되는 미래파나 진은영, 심보선, 이영광 등으로 대표되는 정치시에 이르기까지, 과거로부터 현재에 이르는 시와 관련된 영역을 모조리 섭렵했다.

전역 후 학교에 머무는 동안 모교인 경남대학교에서 청년작가아카데미라는 부설기관을 설립했다. 설립 목적은 젊은 청년들을 대상으로 시, 소설, 수필, 시나리오 등 미래에 창작과 관련된 일을 하고픈 사람들을 전문적으로 양성하겠다는 것이 그 취지인데 수료 기간은 2년이었다. 정일근 교수가 시를 가르쳤고 전경린 교수가 소설을 가르

쳤으며 시나리오는 장기창 교수가 맡았다. 이곳에 몸담고 있는 동안 문학과 관련된 다양한 경험을 쌓을 수 있었다. 단지 교실 내에서 시를 창작하는 것에 머물지 않고 자기 체험과 결부된 글을 삶 속에서 저절로 묻어나오게 하는 것이 정일근 교수의 교육철학이었으므로 전국의 여러 문학 행사에 참석하거나 직접 초청행사를 주최하기도 했고 여러 창작캠프 활동에 참여했다. 이런 일련의 경험은 그냥 독자의 관점에 머무르지 않고 전문가의 관점에서 시를 바라보는 계기를 마련해 주었다.

2011년 제6회 지리산문학제 최치원 신인문학상을 받으며 등단했다. 그즈음 몇몇 신문사에서 주최하는 신춘문예에 응모하여 최종심에서 두 번 떨어지고 나서부터는 신춘문예를 아예 접었다. 등단 이후 제일 먼저 직면하는 시련 중 하나는 공식적인 등단 절차를 마치고 나면 마치 자기 앞에 탄탄대로가 열릴 거라는 착각이다. 우리나라는 약 6만 명 정도의 시인들이 전국 방방곡곡에 산재해 있고, 해마다 465개 정도의 크고 작은 공모전을 통해 새로운 시인들이 양산되고 있다. 이처럼 수많은 시인들 가운데 자신의 존재감을 알리기란 그리 녹록치 않은 것이 현실이다.

게다가 등단 매체를 비롯해, 학연이나 지연 등을 따지는 적폐가 오랜 시간 패거리 문화로 자리 잡고 있기도 하다. 이에 실망한 상당수 시인들이 등단하자마자 이름도 없이 빛도 없이 사라지기도 하고, 어떻게든 그 패밀리 속으로 들어가려고 안달이 난 사람도 많다. 시인은 하늘과 바람과 별을 시로 노래한다지만 여기도 사람 사는 세상인지라 악취가 심하게 나기도 하고 똥파리가 들끓기도 하는 것이다.

내가 시에 매료된 가장 큰 동기 중 하나는 문학상을 주최하는 대부분의 공모 요강에 적혀 있는 '자격 제한 없음'이라는 문구 때문이었다. 응시자에게 아무런 조건을 따지지 않고, 오로지 실력만으로 당선자를 뽑겠다는 공표는 젊은 날 내 마음을 사로잡기에 충분했다. 문학에 관심이 많고 등단을 꿈꾸는 습작생들이 나와 비슷한 생각으로 불철주야 창작에 전념할진대 공정한 경쟁을 하는 곳보다 짜고 치는 고스톱이 점점 늘어나는 것만 같아 안타깝기도 하다.

배부른 돼지가 되기보다 차라리 배고픈 시인이기를 자처하며

문단 내에서 이름 있는 시인들은 기존의 언어 질서를 파괴하고 끊임없이 새로운 언어를 창조해야 한다고 떠들면서도 정작 본인들은 무덤조차 확인하기 힘든 옛 시인들의 노래만을 찬양하며 살아가고 있다. 아직도 김수영이냐, 그래도 김수영이다. 서정시를 쓰려거든 미당 선생을 거치지 않으면 안 된다. 지난 세기 동안 백석을 능가할 만한 시인은 아직 나타나지 않았다. 마치 훈고학이나 사장학을 연구하는 학자들 같다. 시대착오적인 발상과 자화자찬에 빠져 그들만의 리그를 펼치며 지루한 나날을 보내는 동안 독자들은 이미 작가들의 수준을 훌쩍 넘어서고 있다. 이는 오늘날 사람들이 시집을 찾지 않는 이유이기도 하다.

우리나라에서 문학책을 읽을 만한 독자들은 어느 정도 정해져 있는데 그들의 의식 수준은 상당히 높은 편이다. 시나 소설, 수필 등 어느 장르를 불문하고 그들이 돈을 지불하고 기꺼이 책을 사서 읽기 위해서는 그 책에 대한 기대치가 있기 마련이다. 그런데 그들에게 적절한 감동을 주면서 전혀 가볍지 않은 글을 쓰기가 그리 쉽지 않다. 다시 말해 작품성이 좋으면 대중성을 놓치기 쉽고 대중성을 얻으면 작품성을 잃게 된다. 만약 작품성과 대중성이라는 두 마리 토끼를 다 잡는다면 전업 작가의 길로 들어서도 무방하리라 본다. 이를 얻기 위해 끊임없이 노력하고 분발하는 것은 시인의 숙명이기도 하다.

돌이켜보면 나는 시인이 되기를 그토록 갈망하지 않았다. 오히려 남들처럼 세속적인 가치에 의의를 두고 살아온 적이 더 많았다. 그러나 삶은 내가 원하는 방향으로 흘러가지 않았고 하고 싶은 일보다 하기 싫은 일을 할 때가 더 많았다. 신기한 것은, 그런 와중에도 항상 시를 손에서 놓지 않았다는 것이다. 내가 원하든, 원치 않든 시는 항상 내 곁에 머물러 있었고 지금 이 순간까지 여전히 시를 쓰고 있다. 그래서 혹자는 시인을 두고 천형天刑을 타고난 팔자라고 했던가!

시인이랍시고 창작에만 몰입하며 살 수 있는 여건은 되지 않고, 먹고살기에도 빠듯한 현실 속에서 앞으로 개선하거나 해결해야 할 문제들이 너무 많다. 다행인 것은 요즘 신생 출판사나 젊은 시인들을 주축으로 매우 창의적이고 다양한 형태로 시적 변화를 모색하는 것 같아서 미래가 희망차 보인다는 것이다. 자, 이제 무엇을 더 말할까? 오는 자 막지 말고 가는 자 붙잡지 않는 것이 시다.

4 ——————————— 지금 여기로 떠나지
못하는 사람들에게

5 　　　서형국 ——————— 시골시인-K

사랑하는 사람의 말만

알아듣지 못하는

벌

눈

어둑한 방파제
남녀가 뒤엉켜 있다

한쪽이 머리채를 휘어잡고
한쪽은 손톱으로 목을
후벼 파면서

벌을 받고 있다

인간이 지를 수 있는
극한의 발성을 쥐어짜내며
사랑하는 사람의 말만
알아듣지 못하는

벌

거절할 수 있었는데
보여주고 싶었구나

누구에게?

불공평한 형벌에
아무도 눈길을 주지 않는
사소함으로 그들은
뉘우치고 있겠지

신도
벌을 받고 있구나

귀를 만들지 않았더라면
소리는
눈을 덮지 않았을 텐데

사력을 다해 침묵하는
꽃의 설욕에
긴 속눈썹이 자랐을 텐데

나는
벌을 받고 있구나

말을 하고 싶은데
눈을 떴으므로

귀를 덮고

텅 빈 첫 장에
세상에 없는 手話를
새겨야 하다니

거절하지 않는 것으로
먼지의 배후를

증명해야 하다니

태허 太虛

전지전능을 오래 거머쥔 것들은 간사하기가 인간 같아
새가 누리던 바람에도 압류를 고지했다

완장의 각질로 부유하다 가라앉은 새

새니까
새쯤이니까

숲으로 날아든 비보엔 얼어 죽은 전서구 위로 서리가
내렸다는 기사가 실렸다

누르고 눌러
서리가 온몸을 얼려 서리를 막아설 때까지
죽어 더
죽어 보라고

어느 날 서리는 슬픔을 알겠다는 듯 새를 잃고 자살한
나무에
목을 달아맸다

이렇게는 아닙니다 외쳐도
무언가는 부정해야 하므로

두려운 이들은 스스로 입을 지웠다

신이 되어 보지 못한 종족들만 말을 뺏기지 않았다

새끼를 어미의 품으로 인도하는 길에게 신을 쥐여 준
적 있다
서리가 개처럼 키우던 아침에게 신이라 명명했을 때처
럼
마치 내가 그들의 세상에 존재했던 것처럼

소문이 구름같이 거짓말로 쓰일 때
처음으로 당신은 진실입니까 묻는 신을 만났다

나는 가장 느린 기차라 대답하고
틀렸다 라는 정답으로 남아야 했다

* 우주의 본체 또는 기氣의 본체.

진실 혹은 거짓

남자에겐 소원을 들어주는 나무가 있었다
물을 주지 않아도 시들지 않는 나무

협상을 합시다

내 수중엔 이틀을 버틸 술값이 있고 당신은 나와 흥정
할 기회를 가졌습니다 나는 오래 살고 싶고 명예를 갖고
싶으며 후손에게 오래 기억되고 싶소 단, 이 모든 조건을
충족시키는 데 남의 불행을 이용해서는 안 됩니다

빈틈없는 제안이었다

날이 밝아 탁자엔 퇴고를 마친 원고 뭉치 위로 한 뼘이
나 길어진 나무의 그림자가 꼭 두 잔이 모자랐던 술병을
끌어안고 연리지로 뻗어 있었다

세월은 흘렀고
남자는 헌책방에서 간간이 펼쳐진다는 소문이 돌았다

완벽한 거래였다

가스라이팅

세 시에 밥을 먹고 식후 세 시에 약을 드세요. 세 시는 가고 세 시가 온다. 먼 세 시에 금연을 다짐하고 꿈을 꾼다. 세 시에 세 시 같은 꿈. 아무도 보지 않는 세 시. 색이 쌓인다. 연두 핑크 알비노. 나를 구조할 수 없는 결핍들. 높이가 없는 세상. 베개는 숨만 쉴 뿐인데 방은 끝없이 추락해. 낙하 없이 가질 수 없는 바람. 바람을 미는 건 바람. 함부로 디딜 수 없는. 아무도 올 수 없는 세 시. 풍경이 자란다. 창이 커질수록 작아지는 세 시. 의심은 세 시에 죽는다. 뭉치면 솜이 되는 숨. 던져도 닿지 않는. 소리의 벽이 가라앉는다. 라이터를 켰을 뿐인데 흥건한 방. 수심은 물의 창살로 선다. 아무도 듣지 않는 세 시. 멸종의 시간을 열고 세 시가 묻는다.

몇 시나 됐소?

때時

영물은 귀신도 의식하지 못하는 경계를 현絃으로 자정
을 켠다

뻗어도 쥘 수 없는 것들만 소란한 시간
벌어진 문틈으로 부고가 새어들었다

산짐승이 마지막 숨을 털 때 숲은 낮은 자세로 귀를 기
울인다
주변이라는 좌표 없는 말에 유목하는 이들

어쩌면,
눈썹의 주변이 망상이고 죽지의 주변은 나락일 수도

관冠을 찾아 일생을 떠돌던 고라니가
한 번도 직면하지 못한 천적이 결핍이라면
갈증은 울음의 주변이겠다

답을 찾은 물음표처럼 해가 오르고 울음을 다 짜낸 양
철지붕이 한 무리 까마귀에게 발인을 고하면 숲을 통째
지고 바다로 떠나는 안개

무렵이었다

누군가 세상을 버릴 때 가망 없던 문장에 맥박이 뛰었지만 주변은 박제로 텅 빈 나를 위해 많이도 울어버린 뒤였다

information

가을은 붉어 눈 붉은 사람들이 벤치로 내려앉는다
사람이 스친 후에 길이 붙는 게 아니라
세상이 터준 길로 사람이 흐른다는 생각

가보지 못한 길이 동경이라면
미련과 별반 다르지 않아
나무가 터준 길로 눈시울 붉은
약속들이 지고 있었다

현금지급기를 벗어나자 내 뒤로 줄 섰던 사람이
당신 거냐며 휴대폰을 내밀었다
사람이 사람에게로 오는 길이 善意라면
건넨 물건은 최신형 독감이었어야지
나는 구멍 난 사람이 되었다

밥을 먹다가 흘리고
약을 먹었다는 기억도 흘리고
어제는 도시를 흘려 흘렸다는 사실을 흘릴 때까지
세상 모든 이름을 차창 밖으로 흘려보냈다

궂은 날씨면 온몸을 휘감는 휘파람 소리

내게서 해방된 모든 것들을 불러 모으겠다는 듯
기억은 정육점에 진열된 부분육처럼
신선한 부위부터 불려 나갔다

입술이 예쁘다는 말로 사람도 죽이는 여자를
오래 사랑한 대가였다

그가 나를 사랑한 단 한 가지 이유를
종종 흘렸으므로 오래 새로웠지만
자주 낯설었고 서로는 생판 모르는 노선의
종점이 되었다

저곳이 거기라는
느낌

손孫

외딴 해변에 바람이 살던 집 있어
더듬어지는 모든 면을 거두었다

걸음이 없어 소리로 당도한 건축가들이 축조한 집
그 안에 들어 피어오르던 나는 연기로 흩어지곤 하였다

꺼질 듯하였고 날아갈 듯하였으나 가끔
형체 없는 축대 옆이나 툇마루 밑에서 발견되었으므로
존재는 바람으로 뜬 팽이 몇을 통해 전해졌겠다

본디 나에겐 허공이 있었고
최선을 다하지 못한 울음이 있었으며
수없이 쌓다 허물은 늙은 여자가 있었기에
구름이었겠다
비였겠다
저 시퍼런 우물의 자식이었겠다

자를 수 없는 것들은
모조리 유년이고 온전한 나의 어머니
이것은 덜 아문 딱지를 떼어내듯 얼룩질 진실이라
나는 눈사람으로 떠날 환영일지도

이제
나를 이곳에 세워 둔 일도 바람의
절박이고 싶어서

절반의 행성

홈쇼핑에서 사람도 삼킬 만한 아가리로 스테이크를 물어뜯는 남자는 세상에서 가장 무능한 군주 같았다. 당장 죽어도 여한이 없을 것 같은 표정으로 스톱워치를 누르는 쇼호스트. 그러나 내 시간은 의지가 약해 전력 질주하는 귀를 따라잡지 못하고 맹수 앞에서 목숨을 포기한 초식동물처럼 눈을 감는다.

구덩이를 파고 개미를 노리는 개미귀신도 개미와 같은 꿈을 꾼다. 어떻게든 살아남는. 남의 생을 데려와 주연이 죽기 직전까지만 촬영하고 시놉시스를 지우는 꿈. 그러니 토씨 하나 빠트리지 않고 생을 요약하기란 불가능한 것이다.

누군가는 배송 직전 취소 주문을 넣어 하루이틀 설레었던 경험만으로 충분했던 것이다. 세상이 병든 후에야 지구가 부풀었는데 한껏 부풀어 춤추는 풍선 인형은 그 많은 유서를 어디로 부치는 걸까.

피폐한 영혼들이 누렇게 병든 나뭇잎을 찬양하듯 유언을 후기로 작성하는 세상이라니. 온통 미쳐 춤추는 세상이라니.

─내가 키운 소는 육질이 좋은데 내가 먹을 수 없어서요.
─오 분 남았습니다 고객님.

─ 오늘만 살고 지구가 멸망했으면 좋겠거든요.
─ 지금입니다 고객님.

행성을 쪼개는 방법이
전쟁이 아닌
충동이라니.

굳이

그렇게 유실에 대해 고민했고
밤 없이도 찾아올 내일에 익숙해졌다

이것은 이전과 이후를 나누어야 풀리는 문제

신사는 기억이 치유의 반대말이라는 비문을 냉장고
에 넣고
굳이라는 덮개로 닫아버렸다

손톱깎이가 공구통 망치에 깔려 실직했고
출근길 사라진 구둣주걱이 주인을 기억하지 않는 이
유로
신사는 치유되어갔으며 원형인 마침표를 닮아갔다

여태껏 최선을 다한 적 없었다는 듯
사력을 다해 밀어붙이는 굳이

굳이는 굳이 슬퍼하지 않았고
한 번도 세심하게 들여다본 적 없는
신사의 내일로부터 해고당했다

낮은 길었고
우산을 챙겨 온 신사가 내렸다고 믿는
비라는 일은 없었다

굳이 필요 없는 일만이
진실이었던 것처럼

인간은 모든 기원의 실패작이다

서형국

프로젝트에 참여하면서

글로 맺은 인연이 몇 있다. 같은 사회에 존속하지만 그들이 언어로 펼치는 초식은 내가 배워온 정법적 질서와는 확연히 달랐다. 이들과 문장으로 소통을 할 때면 마치 발견되지 않은 신대륙을 접하듯 신비로웠고 시라는 최종 목적지로의 동행에 내 작문을 태우지 않겠냐는 제안을 받았을 땐 한껏 설레기도 했다. 하지만 지금의 내 필력으로 다수의 작가들에게 민폐를 끼치진 않을까 염려가 앞섰던 것도 사실이다. 기성 문단에서는 생경한 필명들일지 모르나 시중에 깔릴 대로 깔린 식상한 문장들에 나는 이미 지쳐 있었으므로 이들의 멋진 제안을 거절할 수 없었다.

한때 사진사의 아들로 살면서 부단히 노력했지만 안면인식장애를 극복하지 못하고 사진사의 꿈을 포기했던 적 있다. 그 후 내게 선의로 다가온 모든 피사체와 현상을 오래 관찰하는 일은 습관이 되었고 대상에서 피어오르는 분위기를 인정하는 것이 내게는 선명한 구별법으로 자리 잡은 지 오래였다. 때문에 그들과의 만남에서 내가 본 것은 첫인상이라는 프레임에 갇힌 형질이 아니라 진솔한 호흡을 뿜어내는 몸짓이었다. 그때부터 시는 내게 막연한 희망이었던 것 같다. 그러나 뒤늦게 깨우친 부분이 있으니 각자 행위의 사유가 다름에도 내 시선을 벗어난 몸짓을 이해하려 하지 않았다는 점이다.

시중에 널린 적지 않은 시집을 읽으며 때로는 좌절했고 때로는 오만했었다. 분명한 것은 아직도 나는 다 버리고 시라는 문예 한 가지만 선택할 용기가 없다는 것이다. 그러니 지역 곳곳에서 시가 전부인 이들에게 얼마나 부끄럽고 미안한 일인가. 그리고 여전히 주류에서 소외된 채 각자의 표현으로 세상의 보편성에 저항하는 필력 있는 시인들이 넘치지만 대부분의 출판사들은 상업성만 고려하여 숨은 시인들 발굴에는 노력을 쏟지 않는다는 결론도 얻었다. 하여, 이 책이 세상에 나가는 일이 본 프로젝트에 참여한 시인들뿐 아니라 중앙 문단이라는 주류에 편승되지 못한 변방의 모든 작가들에게도 희망이 되는 사건이기를 바라는 바이다.

소외, 그 선택의 경계에 선 시인들에게

서른 후반에 사업에 실패한 후 사람이 되고 싶어 안달난 무기력이 하루를 거르지 않고 내 몸을 훔치러 왔다. 귀신도 아니고 사람도 못 되는 이것이 기어이 내 몸을 점령하는 날, 배다른 형제처럼 내 암울한 부분만 닮은 이것을 무엇이라 불러야 하나, 고민에 통 잠을 이루지 못했던 시절이었다. 그러다 우연히 2007년 내 글이 소개된 잡지가 미처 처분하지 못한 폐품 박스에서 발견되었고 무엇이든 피폐해진 정신을 바로 잡아줄 사건이 필요했기에 궁핍한 생활에서도 큰돈이 들지 않는 취미를 찾았고 이것이 내가 다시 펜을 들게 된 계기가 되었다.

10년 가까이 작문을 잊고 살았기에 감을 잃은 중년이 다시 글을 쓴다는 것은 역시나 쉬운 일이 아니었다. 때문에 스스로 자질을 의심하면서 2000년 이후 발간된 시집을 읽으려 틈만 나면 서점을 찾았다. 그 기간 동안 느낀 점이 있다면 요즘 대형 출판사들은 낯선 시도를 높이 평가하는 구나가 아닌, 낯섦의 의미를 너무 가볍게 인정하지는 않는가였다. 일률적인 어조에 기계적인 단어 조합으로 깊이가 얕은 진술이 시단을 장기간 흐리고 있다는 판단을 했었다. 이런 게 시라면 작문에도 공식이 성립될 것이고 알파고 같은 인공 지능이 사람보다 나은 작문을 못할 이유가 없지 않겠냐는 생각도 들었다. 창작에 있어 신선함은 최고의 무기겠지만 독보적이지 않다면 무슨 의미가 있겠는가. 이미 남이 대가를 이룬 초식에 똑같은 필법으로 흉내를 내는 글쟁이들이 우후죽순 쏟아지는 시기라고밖에 보이지 않았다. 그렇게 가슴이 없는 글들에 지쳐갈 때쯤 만난 시들이 있었다.

이후 이 작품들의 저자를 찾아 수소문했는데 다행히 간절함의 결과로 모두 대면할 수 있었다. 놀라웠던 건 모두들 지방에 거주하고 있었으며 경상권이 고향이거나 거주지였다는 것인데, 씁쓸했던 건 이들이 내 심장을 조물거리는 작품을 썼음에도 중앙 문단에서는 소외 받고 있었다는 점이었다. 그렇다면 내 시안에 문제가 있는 것은 아닐까 되짚어도 보았지만 2년이 지난 지금도 이들의 시가 내 가슴을 뛰게 만드는 걸 보면 나의 시안이 옳았다는 확신이 든다. 그리고 뒤늦게 알았지만 내가 바라본 시각에서 소외 받고 있다고 느꼈던 이 시인들은 사실, 소외를 받는 것이 아니라 소외를 선택했다는 것이다. 그러니 소외는 거리가 아닌, 선택이라는 결론을 내리게 되었고, 나는 이들의 선택에 박수를 치며 응원할 것이다.

고전이 되고픈 욕망에 고한다

시는 필연적이지 않으면 깊이 파고들 수 없는 문학이다. 그 무거운 숙명을 짊어진 사람들이 순탄하고 행복한 삶을 영위하는 모습을 나는 한 번도 본 적이 없다. 그렇다고 이들이 창작의 고통을 즐기는 모습 또한 본 적이 없다. 그러면 왜 굳이 시를 쓰는가 하는 진부한 질문에 누구도 그럴 듯한 답을 내놓은 시인을 아직은 대면하지 못했다. 질문을 바꿔, 이들이 왜 시를 쓰는지 독자의 입장에서 살펴본다면 한 가지 정도는 답을 내릴 수 있겠다는 생각이다.

바로 永生이다. 여기서 영생은 '작품의 생'을 뜻하며 그러기 위해 그 작품은 훗날 고전이 되어야 한다. 때문에 시인은 인간의 짧은 생애에는 큰 의미를 두지 않으며, 현생에서의 누림을 초월한 창작이 목표이기에 스스로를 사회와 격리시켜 늘 고독하고, 세상에 존재하지 않는 표현의 조합을 찾아 유목해야만 숨을 쉴 수 있는 존재다. 적어도 내가 아는 진짜시인들은 그러하다고 믿는다. 그러니 절실해 보지 않은 삶을 살아온 이들이 시를 쓴다는 것은 욕심일 수 있겠고, 실제로 이런 자들이 쓴 글에 나는 진정성을 느낀 적이 없다. 그러므로 고전이 목표인 수많은 가짜시인들에게 고한다.

당신들은 지금이 시에게 멀어질 순간이다. 그렇지 않으면 머지않아 자신이 써 내린 문장에게 무참히 학살당할 것이니……

이필 ———————— 시골시인-K

들어봐요 당신

우리는 우리와 똑같이 생긴 사람들을 만났죠

검은 연기로 된 소매에 팔을 끼우고

굶주릴 때마다 흘날리던 콧노래를

소백산

토막불 걸린 솥단지 안쪽에서
누군가 나무 숟가락 휘휘 저으며 별들을 위협한다

그 외엔
구름 한 점 없는 고요

보부상들의 시간

부석사

　온몸이 붉은 두꺼비가 약삭빠르게 포도주스를 마시는
걸 보았는데 터질 듯 부풀어 오른 배는 끔찍한 독을 토해
냈겠지요
　나는 겨우 배 밑에서 기어 나와
　붉은 개미들 우글거리는 다이아몬드 계곡으로
　흑운모화강암이 흐르는 산맥과 누런 흙탕물 불어나는
생각 너머를ー

　만약 돌이 공중에서 뜬다면
　던지세요, 손 안에서 들썩이는 건 당신의 눈빛

　고치재에서 발원한 물이 동서를 관류하는 구계천이 되
어 죽계와 내성천을 만나 낙동강으로 흐르는데 동은 태백
산, 서는 소백산이니 영, 봉의 경계를 지나 금풍, 곧 서풍을
삼켜버렸다, 하겠습니다

　좋아요,
　석등 아래 용의 무덤을 파고 여자를 묻어요
　그리고 용을 여자와 단단히 묶어요 사슬이 휘감아 여
자의 몸을 조이면 용의 몸은 산산조각 날 겁니다
　자신의 꼬리를 먹는 용이라니ー

끔찍하죠, 철쭉과 산댓잎의 고장에서 태어나
본의 아니게 꿈은 자라고
제 무덤을 파고 불상의 머리를 함께 묻어봤으면
무엇 하나 제대로 하지 못하고 살았습니다

돌을 쪼개 손을 밀어 넣어요
돌의 심장을 꺼내요

사과밭은 끝장이고 사과꽃잎은 무너졌습니다

도로의 왕

뱀에게서 도망치는 비둘기처럼 나는 도로를 나설 준비가 되었습니다 당나귀는 도로 밖에 서 있고 높은 바람이 강물을 감싸 안으며 내 등을 세차게 때립니다

신기하군요, 도로가 도로를 낳다니 이토록 성난 군중으로부터 자연소멸할 수 있다니

나는 속도밖에 모릅니다 트렁크에 개를 매달고 도로를 질주하는 자동차처럼 한밤에 벌떡 일어나 비명을 지르는 버릇이 있지만
경주로에 오르기를 열망하는 당나귀,
성난 얼굴을 들어
당신을 위해 연단을 쌓았습니다

도로 한가운데를 가로지르는 새끼 산양들처럼 어제는 무릎을 꿇고 빵을 먹었습니다 의회의 24개 기둥은 우리의 기도를 받아들였지만

지옥을 위해 나는 경부고속도로 추풍령 휴게소 옆에 서 있고 거기서 조각나 버린 마음은 상식적으로 끼워 맞출 수가 없습니다

당당한 건 알겠는데요, 위엄 있는 당나귀가 툭, 툭 꼬리를 치는 건 침묵할 때 침묵하라는 군자의 도리라는군요

항구에 석탄을 까맣게 쌓아놓았지만 경제가 밑다고 그건 알려줄 수가 없습니다 단돈 십 원도 제 마음대로 쓸 수가 없습니다

황금심

오래된 가요가 명물인 해안 도시의 석유정유공장 앞을
우리는 걸었어요

철책 안으로 파이프라인이 보이지 않는 곳까지 구부러
져 들어갔고 소용돌이 같은 증류탑 끝에서 허기진 태양이
풀려 있었죠

들어봐요 당신
우리는 우리와 똑같이 생긴 사람들을 만났죠
검은 연기로 된 소매에 팔을 끼우고
굶주릴 때마다 흩날리던 콧노래를

어머니는 검은 연기로 땋은 머리
뱃속에 날 품고 불타는 도시를 포대기에 들쳐 업었지
사할린의 하늘은 드높고
우리 형제는 바람 찬 골목에서 놀았단다

주차된 트럭들은 음악을 어둡게 둘러싸고 바다로 돌아
나가는 강을 따라 당신이 소리쳤어요 알아요, 고래고기는
초심자에겐 어려운 맛! 죽은 고래가 해변으로 떠밀려 와도

아무것도 하기 싫었습니다
아이도 보기 싫고 왜 사나 싶고…
애 키우는 기계 같았습니다

남편 몰래 바람을 피웠다고 게시판에 올렸죠 그때는
맨발이었고 역병이 창궐하기 전이었죠 외로이 우리를 기
다리던 강물을 따라 다시 걸었어요 울고 왔다 울고 가는
설운 사정을 당신이 몰라주면 그 누가 알아주나요*

*황금심의 〈알뜰한 당신〉

우주오락실

축사의 문은 열려 있고 양 떼는 모두 흩어졌습니다

1983년 오락기판 안에서 동전을 훔치던 한 소녀가 감전사한 채 발견되었고 호주머니에는 오십 원짜리 53개가 들어 있었습니다*

죽은 소녀의 입술에서 오그라든 말들을 떼어내는 한밤의 차가운 수돗물처럼
엉금엉금 기어가다 분뇨통을 엎지를 때
나 때문에 망친 신神
어제 못 다한 TV 명작은 고전을 재탕합니다

조심하세요
내 마음의 깨진 유리창으로 우주가 한날한시에 털렸습니다

천국은 심심한 양털이불
주름을 밟고 우당탕탕 천사들이 뛰어가고
마지막 한 모금 담배 도넛을 만드는 동안 나는 듣지 못했습니다
소매 뒤 감춘 꽁초가 저 멀리 던져질 때

아니. 별똥별보다 더 중독된 기분으로

물었습니다

내 동전만 한 우주는 어디로 굴러갔을까요?

* 오영진 외, 『한국 테크노컬처 연대기』(알마, 2017)

대지의 항구

밥 로스와 충무김밥을 먹었다
중앙시장 앞 파라솔 아래에 앉으면 물결과 물결 끝에
까딱이는 내항의 선박들과 그 사이 흐릿하게 섬들이 떠
있고

영이 흐리면 말야, 분별력을 잃는다구

바람에 들썩이는 젖은 종이를 꾹꾹 눌러가며 비스듬히
썰린 붉은 무를 입 안에 털어 넣었다

오백 년 전 삼도의 수군도 배 안에 갇히면 탈영이 불가
능해 그대로 적선으로 돌진하는 수밖엔
해전의 비결이란 육군에 비할 바가 아니며

왼손을 물결에 대고 열면 환상을 볼 것이요
오른손을 열면 현실을 보게 될 거라고 말했다

밥 로스는 어떤 걸 고르든 환상으로 이어진 곳에서 왔
다며
숲에서는 죽은 나무나 산 나무나 같다고 웃었다

우리는 조난당하지 않았으므로 얼마나 많은 환상이 섬의 이름으로 떠오르는지 남해에서 모르는 사람은 없다

나는 젖은 종이를 다시 구겼다
만약 뭔가를 쓰고 싶다면 그게 뭔지 굳이 설명하기 싫다는 것도
여름이 푹푹 꺼져가는 비진도 모래밭에 머리부터 캄캄해지고 싶다는 것도
밥 로스에게 말해 줄 수가 없다

오징어 다리가 천천히 영계로 빨려드는 홑동백을 당신의 죽은 입술에서 보았다

파도가 날지 못하는 새들을 몰고 다닌다

다음 배는 네 시
춥다

디아스포라

눈 코 입 없는 얼굴. 인공눈물 한 방울 찬란하게 부서지는 썩은 충치의 뉴스. 쿵쿵 두 번 내려치면 달아나는 표정. 달싹이는 쥐들의 입술. 빌고 남은 기도처럼 짓이겨진 자물쇠. 도무지 닫히지 않는 출입문 사이, 초췌하게 귓속으로 떨어지는 매듭. 한 가닥씩 흘러내리는 독백.

몇 덩이의 검은

신뢰할 수 없는 몸. 그것이 되기 이전의 물음. 하나하나 붉어지는 어떤 풍경의 버둥거림. 잠자코 돌아오기를 반복하는 근육의 떨림. 새파랗게 흐느끼는 시든 무릎. 칸막이 뒤에서 킥킥대는 허리띠. 잡아당기면 입 속에서 잃어버린 어금니. 부리가 새까만 침묵을 물고.

검은 비닐봉지가

예를 들면 발 없는 발자국. 말들로 들썩이는 직사각형 다관절 사생활. 짓눌린 나사못. 흔들리는 카메라 렌즈 속 심연. 지금은 없는 나의 발들로부터 도망치기 위해. 쿵쿵쿵 세 번 내려치는. 문득 공중에 매달린 그것처럼. 하얗게 빛나는 타일 벽. 버려진 겨드랑이마다 다 쓰지 못한 신용

카드.

터미널 공중화장실 구석에서

진주

다 쓰지 못했습니다

맨드라미는 버스 정류장 차광막 밖에 서 있고 맨드라미의 마음은 맨드라미밖에 모릅니다

이런 게 한철 구름의 소관이라면
계절을 긋는 빗줄기가 내 귓속에서 산산이 튀어 오릅니다 맨들맨들한 웃음소리에 휘감겨
당신의 발목을 잘라가는 파도를 조심하세요

사과꽃은 무너졌고 무정한 것들만이 남아 서로 붉어지며 길가에 주차된 눈보라는 한꺼번에 날아올라 매미나방 떼의 기억을 뒤덮습니다

이 책의 마지막 페이지에서 누군가 두근두근 나를 잘라낸다면 나는 살해당한 사과들과 나란히 누워
술에 취하리라는 것과
뭉텅뭉텅 잘려 물컹물컹해지고 싶다는 말씀을
전하려고 했는데

여름밤이 훔친 보석은 삶이 좋아 미치겠습니까 마지막

한 결말까지 중국집에서 짬뽕을 먹다가 나왔다면 누구에게 읽히는 위로입니까

더 이상 남쪽으로 내려갈 수 없습니다 밥 로스와 걸었던 해변은 태풍에 쓸려 물속에 있습니다 전복의 삼분의 이는 튀어 올라 산비탈에 처박혔고 삼분의 일은 바다로 돌아갔다는 사실을

구부러진 어깨가 도로 위로 달을 떨어뜨리면 내 눈은 죽음의 초록빛 염료 위로 꾸벅꾸벅 피거품을 머금고 있습니다
내 입술에는 꼬리가 없고 아무리 당신이 얇게 자르더라도 눈물의 무게는 변하지 않습니다

다 쓰지 못했습니다

각자 자리로 돌아가 주세요 유리잔에 남은 와인을 홀짝거리는 흰 나비가 내 소매 속에서, 두 무릎 위에서 몇 개의 꿈을 꾸었고, 붉게 취한 나뭇가지들이 잿빛 하늘을 뒤덮었습니다

먼저 태어난 게 죄입니까 잔별들을 버린 우물이 있던
자리마다 인간의 눈물로 고인다는 당신의 말씀

인류 최악의 불황에도 알코올이 바짝 마른 눈구멍을
겨냥하는 햇빛보다 더 어두운 건 없어요

해저 2만 리

아스팔트 위로 가랑비가 바스러진다. 빗방울을 *따라가 렴*. 목재단지를 빙 둘러 소녀가 걸어가고 있다. 잿빛의 길고 높다란 벽. 우산 아래 전단지를 감싸 쥔 손가락이 번들거린다. 멀리 해안선이 끌고 온 6차선 고속도로가 흐릿한 북항을 향해 흘러간다.

소녀는 문 닫힌 피아노 공장 앞에 멈춰 선다. 빨려들 듯 전신주가 공장 안쪽으로 기울어져 있다. 자꾸만 유리창에 빨판처럼 들러붙는 어둠, 그것은 거대한 문어가 아닐까. 일주일 전 하역된 목재더미에서 느닷없이 뛰어올라 열아홉 실습생의 손을 친친 감았다는 소문. 근무 중이던 사람들은 도끼로 내려치며 소리를 질렀고 문어는 토막 날 때까지 손가락 세 마디를 빨아 먹었다. 먹구름 덮인 공장 지붕 위에서 검은 눈빛이 번쩍인다.

소녀는 다시 걸어간다. 빗방울을 *따라가렴*. 소녀의 뒤를 따라 솟아오르는 해파리 떼. 푸른 형광 빛이 조금씩 아래로 밀려난다. 물렁하고 투명한 태아 같은. 유령의 파수꾼 같은. 소녀는 떠올리지 않으려고 손을 휘휘 내젓는다. 죽은 듯 종일 바위에 누워 있다가 소녀를 따라온다. 침착한 불빛처럼.

길이 좁아진다. 버스가 세차게 달리면서 바퀴 아래로 물을 튕겨낸다. *빗방울을 따라가렴.* 우산을 기울이며 소녀는 외벽에 바짝 붙어 걷는다. *해 지기 전에 전단지를 모두 붙여야 해.* 벽을 훑으면 손에서 소각장 연기가 제재소 톱밥 냄새가 난다. 새벽이면 이 길을 따라 통근버스가 사람들을 공장으로 실어 나른다. 그리고 가끔씩 손가락 몇 이 공장의 심연으로 사라지곤 한다.

꿈속에서 누군가 피아노 앞에 앉아 있다. 건반을 누르면 어떤 소리가 날까. 거대한 문어가 피아노를 휘감는다. 종일 주린 뱃가죽이 금세 부풀어 오른다. 누군가 피아노 줄로 묶어 촉수를 끊어놓는다. 잘린 다리가 바닥에서 꿈틀거리는 소리. 나동그라진 문어는 콧김을 쉭쉭 불며 시커먼 눈동자를 어둠으로 가득 채운다. *헛바람 든 자루. 가면이잖아.* 소용돌이를 그리며 도미노처럼 무너져 내리는 하얀 건반들.

이상한 일이다. 해안이 가까워질수록 빛 무리가 늘어난다. 파도가 따끔한 흰 점액질을 토해낸다. 불어난 바닷물이 가면을 벗자 소녀는 텅 빈 내장 같은 그들의 얼굴에

소스라친다. 악착같이 달라붙는 젖은 머리카락을 떼어내며 전신주에 마지막 전단지를 붙인다. 이제 버스가 도착할 것이다. 소녀가 빗방울을 따라간다. 빗방울이 빗방울을 따라간다.

산문

꿈속 술집

이 필

맨 정신으로 몰락하는 사람들에 관해서라면 무성한 소문으로만 들었다. 시를 쓰기 전이었다. 그때까지 종종, 나는 꿈속 술집에서 술을 마셨다. 불면의 마지막 코스로 들른 선술집은 벚꽃 홍등이 어둠에 내걸려 있다. 오랜만이네. 잘 지냈어? 여우 두건 쓴 주인은 빙긋 웃고는 마른 수건으로 유리잔을 닦는다.

갈 곳 없는 사람의 표정은 무엇으로 채워져 있을까. 술잔을 기울이면 섬망 같은 별들이 찰랑거렸다. 국물에 빠져 절멸을 기다리듯 화목한 사람들의 초대가 나는 늘 무서웠다. 저녁 퇴근길 눈보라처럼 어깨 위 하얀 동그라미를 털어내며 고요하구나, 한겨울 보일러가 터진 이 공포는. 술집 문을 밀고 나서며 죽음 같은 눈부신 안녕을 부탁했다. 다음에 또 올게요.

이 글을 쓸 무렵에야 더 이상 꿈속 술집에 찾지 않는다는 걸 깨달았다. 까맣게 잊고 있었구나. 이유가 궁금해서 어쩌면 이 글을 쓰고 싶었는지도 모른다. 두드려도 텅 빈 늑골 아래 결핍처럼 수작이 그리울 때, 누군가 출입문에 기대어 서서 이쪽을 바라보면 없다. 내 다정한 친구는 이

제 없다. 여기에서 거기로, 거기에서 여기로 오는 그 길만
이 꿈 밖으로 멀어졌다.

간밤의 꿈을 잊는 건 누군가 홀연히 꿈을 빼앗아가기
때문이라는데 나는 좋아하는 단골 술집 하나를 잃었다.
시를 쓰기 시작하면서 꿈을 꾼 모든 것이 나를 역습했다.
걷다가 돌아보면 눈 속에 잠긴 발목, 자라고 있을까. 이상
하다. 이상하다. 눈 뜨고 꾸는 꿈인 줄 모른다면. 내 불안의
표면을 나눠 가질 다정을 나로부터 잃어버렸다.

암명처

시골시인-K 프로젝트에 나를 불러준 이는 서형국 시인
이다. 그는 나를 소외된 시인이라고 생각하는 것 같았다.
소외가 있다면 내가 세상으로부터 더 멀어졌다는 사실일
뿐, 그건 권력의 문제와는 무관했다. 시를 쓰는 세상만이
있는 건 아니니까. 그러나 문학 바깥에서 펼쳐지는 풍경
에는 분명, '그들만의 리그'에서 삭제된 얼굴들이 있다. 수
박을 먹고 웃음만 뱉어내듯 당신 앞의 수줍은 K이거나 수
많은 우리의 K들일 것이다.

서울과 수도권을 벗어나, 지역의 시인들과 같이 시를
쓰는 작업은 자유롭고, 그러면서 새로운 경험이었다. 얼
음 밑장처럼 맑은 고집과 투명한 눈알. 시골시인들에게는
팡팡 겨울 숲의 얼음 터지는 소리가 난다. 얼음과 불과 모

래를 섞어 빚은 사람과 사람의 원형, 그 인력 속으로 나는 힘껏 빨려들었다.

원래 이 글의 주제는 "내게 시란 무엇인가?"였다. 글을 쓰는 동안 나는 무의식적으로 '지옥의 종류'를 검색하고 있었다. 그리고 주제는 "나는 지금 어느 지옥에 살고 있나?"로 바뀌었다. 지옥도 대지옥과 소지옥이 있어서 작은 죄를 지은 자들은 소지옥으로 간다. 암명처라는 소지옥은 양이나 거북을 죽인 자가 떨어지는 곳으로, 주변이 한치 앞도 보이지 않는 캄캄한 암흑세계인데, 주변에는 눈에 보이지 않는 뜨거운 불길이 있어서 죄인은 어디로 가야 할지 몰라 전전긍긍하게 된다(《나무위키》에서 읽음).

시를 쓰는 일이 이와 같다면 다 거북이나 양, 닭, 물고기 따위를 괴롭히면서 살아온 내 업식이 끊기지 못한 탓이라고 생각하기로 했다. 더는 달리 생각해 볼 도리도 없다.

공교롭게도 역병이 창궐한 동안 열 편의 시를 썼다. 소백산에서 시작해 울산, 산청, 통영, 진주, 인천 북성포구로 시의 여정은 끝나지만 지난해는 진주에 한 번 다녀온 것이 전부다. 장소가 시를 발생시키기도 하지만 거꾸로 시가 장소성을 생성할 수도 있겠다는 생각을 하면서 써나갔다. 낮에는 일을 했고 밤에는 시를 썼다. 황금심의 <외로운 가로등>, 백년설의 <대지의 항구> 등 근대 가요를 찾아 들었으며, 그 사이 한 번의 공황이 왔고 지나갔다.

상투적인, 광란의 말잔치

시를 쓰는 동안 나는 "상투적인 표현이란 무엇인가?"를 내내 생각했다. 죽은 언어와 살아 있는 언어, 그 사이에서 뭉텅뭉텅 잘려나가는 언어들……. 그러나 정확히 자기 자리에 있는 상투적인 표현은 매 순간 자신의 언어를 배반하고 있는 것이다. 앞 문장에 놓인 말들은 쓰이는 동시에 스스로를 죽인다. 시는 그러한 진부한 죽음을 전시한다.

그리고 또 한 가지, 이번 K-프로젝트에서 나는 그냥 '표현의 광란'에 한번 가보고 싶었다. 그러니까 어찌 보면 말들을 위한 말잔치, 악상 기호로 보자면 18세기 하이든 시절의 '장식음' 같은 것들. 이제는 누구도 연주하지 않는, 그래서 의례용으로만 존재할 법한. K-프로젝트는 여기서 돌아나가는 길을 잃은 낯선 장소로 데려다주었다. 더없이 고마운, 그로 인해 삶이 한 번쯤 미칠 필요가 있겠다.

시 쓰기는 손님

떠나간 손님에게 단골 술집의 불빛은 천 개의 창유리. 언젠가 처음 그 자리, 다정한 내 꿈속 술집으로 돌아갈 것을 믿게 한다. 뚝, 하고 맺히고 나면 마음을 다해 한 겹 눈꺼풀을 그릴 것이다. 그러니 표정을 갖춰가는 동안 서두르지 말 것. 한 장면에 오래 머물지 말 것. 불투명한 과거를 들여다보지 말 것.

시골시인 K가 시골시인 K에게

성윤석 시인

코로나가 한창이던 지난해 여름에 우연히 지역의 젊은 시인들을 만났다. 세계가 대면에서 비대면의 세계로 나아가고 있을 때였다. 우리는 바야흐로 '호모마스쿠스'가 되어 모두 마스크를 낀 채 만나 막걸리를 마셨다.

문학판은커녕 시를 쓰는 시인들과의 만남도 질색해 온 필자로서는 뜻밖의 만남이었다. 필자는 연식이 오래된 선배였고 이분들은 이제 갓 첫 시집을 내고 시를 계속 쓰고 있는 분들이 대부분이었다. 우리의 공통점이라고 해봐야 시를 쓰고 시골에 가까운 지방에 거주한다는 것밖엔 없었다.

흥미로운 것은 어디에도 소속되지 않은 채 혼자 고군분투하며 시를 쓰는 분들이 아직도 지방에 남아 있다는 사실이었다. 문단이 실제로 존재하는지는 모르지만 문학판도 서울과 수도권 중심으로 흘러가고 있다는 얘기는 이미 오래전부터 들은 바 있다. 그러나 필자는 별 관심도 없던 차였다.

이분들을 만나고 이분들의 시를 찾아보면서, 문득 이분들의 얘기가 듣고 싶어졌다. 이분들의 시는 주기율표의 원소들처럼 그 성질들이 다 달라서 관심이 갔다. 만약 이분들의 시가 무슨 문협 기관지나 회의니 협회니 하는

데에서 나오는 문예지에서 볼 법한 고만고만한 시들이었다면, 더 이상의 관심은 거두었을 것이다. 또한 서울을 중심으로 한 수도권에서 끼리끼리 뭉치고 몰려다니며, 문예창작학과에서부터 문예창작학과 대학원으로 대변되는 문예공장에서 수준은 높아 보이나 엇비슷하게 찍어낸 공산품 같은 시들이었다면, 더더욱 돌아서서 걸었을 것이다.

모든 예술은 노출이다, 라는 명제를 들은 적이 있다. 어디선가 술자리였을 것 같은데 기억이 나지 않는다. 이때의 노출은 아무렇게나 노출하라는 뜻은 아닌 걸로 받아들였다. 필자는 '노출'이라는 단어 앞에 괄호를 열고, 그러니까 '(다른) 노출'로서 이 명제를 느꼈다.

이번 지역 시인 여섯 분의 합동시집 『시골시인-K』는 사실 뜻밖의 노출이다. 무슨 단체를 만든 것도 아니고 회비를 거두는 것도 아니고 정기적으로 만나고 무엇을 지향하고가 없다. 마치 우리는 성공하기 위해 쓰지 않아요, 라고 하고 슬며시 자신들의 말의 지느러미를 내놓은 것 같다. 이 숫기 없는 시인들의 시에 선배랍시고 발문을 덜컥 받아들인 것은 스스로를 '시골시인'이라고 규정하고 개성적인 시편들을 내놓은 그 놀라움에 있다.

이번 시집에 참여한 시인의 면면은 다 이상하다. 필자부터가 도대체 사업 부도 후 서울에서 내려와 하던 어시장 잡부 일도 그만 두고 무얼 먹고 사는지 모르겠는데 이분들도 그렇다. 아이 셋을 억척스레 키우며 낙동강과 섬진강을 넘나드는 이가 있는가 하면, 잘 다니던 직장 그만두고 돌연 사람을 만나러 다니겠다고 선언한 이, 서울에서 진주로 내려와 논술 교사를 하면서 오지로, 더 오지로 들어가 시를 쓰겠다는 이, 고성에서 연탄불고기 식당을 하며, 당근마켓 '올해의 인물'로 선정된 이, 서울에서 생활하고 있는데 너무나 자연스럽게 시골시인으로 스며든 이, 개중 경주에서 직장생활을 하는 이가 가장 정상적으로 보였다. 어쨌든 사는 곳도 다 다르지만, 이들은 '시골시인 K들'이다.

필자가 이 여섯 분의 시에 관심이 갔던 것은 밥하고 빨래하고 노동하고 사람을 만나고 온 손으로 쓴 시들이었기 때문이다. 문학으로 출세하고 돈 벌고 성공하기 위해 책상에서 공부하고 대학원 가고 인맥 쌓아 상 받고 메이저 출판사에서 시집 내고 비슷한 경로를 밟아온 문학평론가들에 의해 상찬을 받아온 분들의 시가 아니기 때문이다.

시에 대한 평은 늘 사족이라고 생각한다. 시의 속도는 늘 독자에게 가 광속으로 읽히고 광속으로 사라지기 때문이다. 다만 여운이 남는 시는 다시 광속으로 오지만 다시 올 땐 오래 머문다. 필자는 낯선 시인의 놀라운 시 한 편이 그동안 기성 시인들의 문학적인 모든 권위를 일거에 무너뜨릴 수 있다고 여전히 믿고 있다.

이 특이한 합동시집의 들머리에 있는 시인은 석민재 시인이다. 부산에서 태어나 하동에 살고 있다. 중앙 일간지 신춘문예 출신이기도 한 시인은 첫 시집 『엄마는 나를 또 낳았다』로 크게 주목을 받고 있다.

석민재의 『엄마는 나를 또 낳았다』는 울림의 시집으로 읽혔다. 시인은 자신이 가진 음성의 감각을 다양한 방식으로 이미지화하고 노래화하는데 그의 시 「그나마 이게 정의에 가까워요」에서처럼 시인은 "이해라는 말은 이렇게 하는 것입니다 // 내가 당신의 팔을 물고 / 내가 나의 팔을 물어뜯고"라고 하면서 일상의 의미를 뒤집고 기존의 사유에 반발하며, 다르게 생각하고 다르게 말하는 말법을 보여준다. 다르게 이야기하고, 다르게 노래하는 게 시라고 전제한다면, 시인은 첫 시집에서 이미 개성이 강한 시인으로 자리 잡고 있다.

이번 합동시집에서도 시인은 "평화하자, 너는 나를 그리고 나는 너를 쓰고 / 우주를 한다, 너와 내가 같은 칫솔로 이 닦고 // 춤과 노래가 사라진다 해도 피아에서 / 우리가 엄마가 될 때까지"(「피아彼我」)에서처럼 광폭의 언어로 일상의 언어들을 뒤집은 전언을 보여주고 있다.

권상진 시인은 경주에서 직장생활을 하며, 전태일 문학상을 받고 시를 쓰는 삶을 선택했다. 그는 유달리 슬픔을 언어로 정제하는 술사에 가까운 시를 쓰는 데 남다른 면모를 보인다. 슬픔을 이처럼 단아하게 담백하게 차려놓은 시는 많이 보지 못했다.

시를 쓰며 사는 삶에 대한 정갈한 태도가 그에겐 있는데, 그 눈길이 깊고 따뜻해 묘한 대중성을 갖고 있다. 그의 전태일 문학상 당선작 「영하의 날들」은 폭염에 숨진 독거 노인에 대해 "사람의 끝에서도 꽃이 피다니, / 오래전 퇴적된 노인의 미소가 환하게 한 번 피었다 진다"처럼 독거 노인의 죽음에서 새로운 사람의 인식을 찾아내고 있다. 그의 첫 시집 『눈물 이후』는 주변인의 슬픔에 대한 연민의 미학이 기득하다.

이번 시집에서는 그의 시 「디스코 팡팡」에서 "신이시여! / 저에게 이 장르는 개그가 아니라 생존입니다"로 진술함으로써 정신없이 일상을 뒤흔드는 인간의 삶에서도 실존을 잃어버리지 않겠다는 결연한 태도를 보여주고 있다. 성실하게 일하면서 밤에 시를 쓰고 있는 권 시인의 얼굴을 가끔 떠올리는데, 그의 시를 읽다 보면 그의 문장들이 마치 어머니가 깨끗하게 접어놓은 흰 와이셔츠 같다는 생각을 떨칠 수가 없다.

유승영 시인은 서울에서 살다가 돌연 진주로 내려와 살고 있다. 문예지 신인상을 받고 첫 시집 『하노이 고양이』를 펴냈다. 혼자서 고군분투하며, 시를 쓰고 있다고 했다. 그의 첫 시집 『하노이 고양이』는 슬픔을 명랑으로 치환하는 데 성공한 시집이다. "하노이에는 고양이가 없네. 내가 잠시 이곳의 고양이가 되려 하네"(『하노이 고양이』)에서처럼 고양이의 부재를 시인이 대체함으로써, '없음'을 '있음'으로 순식간에 변화시키는 시적 메타포를 전시한다.

이번 시집에서도 "해골은 내 친구 / 항상 웃고 있어서

마음에 들어 / 10호 법정에서 너를 떠올렸지 참 잘했다 참
잘했어 / 진작 그랬어야지 해골은 웃어 주었어 해골은 튼
튼한 바가지 / 주워 담을 수 없어야 제맛이지"(「너를 칭찬
해」)처럼 해골에 대해 다르게 인식하고 해골이 의미하는
지난 과거를 냉정하게 응시하고 있다. 주워 담을 수 없는
시간들, 그런데 '주워 담을 수 없어야 제맛'이라니! 우리 시
에 잘 보이지 않는 골계미, 해학의 포스팅을 이 시인에게
기대해도 될 것 같다.

권수진 시인은 철학을 전공하고 시인이 되었다. 최치
원 신인문학상을 받고 첫 시집『철학적인 하루』를 펴냈다.
그의 첫 시집에 있는「겨울, 섬진강」에서 그는 일찍 "똑같
은 강물 속에 두 번 들어갈 수는 없다"라는 헤라클레이토
스의 명언을 시적 언술로 치환하며, 철학을 일상에 대비
하는 시인으로서 자신의 시세계를 열은 바 있다. 굴곡진
일상을 철학적인 시선으로 재해석하는 묘미가 그의 시에
는 있다.

이번 합동시집에서도 권 시인은 "나는 자꾸 뭔가를 꾸
미고 있다 / 거울 앞에서 숨기고 싶은 / 비밀이 너무나 많
다"(「면경面鏡」)처럼 실존의 일상을 탐색하는 데 주력하
고 있다.

서형국 시인은 고성에서 연탄불고기 식당을 하며, 월
간 문예지에 시를 발표하면서 시 쓰기를 시작했다. 하루
두 번 연탄불을 피우고 시를 쓰는 그는 언제나 겸손하지

만, 최근에 좋은 시를 잇달아 선보여 첫 시집이 무척 기대되는 시인이다.

이번 합동시집에 발표한 그의 시 「눈」은 드물게 보는 독특한 시이다. "어둑한 방파제 / 남녀가 뒤엉켜 있다 // (중략) // 인간이 지를 수 있는 / 극한의 발성을 쥐어짜내며 / 사랑하는 사람의 말만 / 알아듣지 못하는 // 벌"과 같은 시는 아름다운 시의 세계를 단번에 획득해 버린다.

이필 시인은 서울에 사는 시골시인이다. 이번 합동시집 편집을 자청했다고 한다. 《문학사상》 신인문학상을 받고 한창 주목을 받고 있는 시기에 시골시인이 되기로 해 놀라게 했다. 이 시인은 이번 합동시집에서 시적 표현의 광휘함이 어디까지 갈 수 있는가를, 유감없이 보여준다. 이 시인의 첫 시집이 기다려진다. 시야말로, 말의 지느러미, 마음의 지느러미가 아니겠는가. 이필 시인의 시 「진주」를 다시 소개하며, 이 어설픈 발문을 마친다.

　　(중략)

　　사과꽃은 무너졌고 무정한 것들만이 남아 서로 붉어지며 길가에 주차된 눈보라는 한꺼번에 날아올라 매미나방 떼의 기억을 뒤덮습니다

　　이 책의 마지막 페이지에서 누군가 두근두근 나를 잘라낸다면 나는 살해당한 사과들과 나란히 누워
　　술에 취하리라는 것과

뭉텅뭉텅 잘려 물컹물컹해지고 싶다는 말씀을
전하려고 했는데

여름밤이 훔친 보석은 삶이 좋아 미치겠습니까 마
지막 결말까지 중국집에서 짬뽕을 먹다가 나왔다면 누
구에게 읽히는 위로입니까
(중략)

건강 건필!

시골시인들

석민재

나도 잠에서 깰 때 안 좋은 기분으로 깨어나요. 나 자신이라는 것에 깜짝 놀라면서 말이에요. 이러저러하여 부산에서 태어났고 하동에서 살고 있는 어떤 사람이라는 것에 놀라면서 말이에요. 2019년 시집 『엄마는 나를 또 낳았다』를 냈어요.

hadongtea@naver.com

권상진

머리를 숙여야만 별을 피해 다닐 수 있는 산동네에서 나고 자라 지금은 어엿한 경주 시민으로 산다. 2005년 시에 들어 2013년 전태일 문학상을 받았고 2018년 시집 『눈물 이후』를 출간했다.

dasun72@hanmail.net

유승영

지도에서만 보았던 진주가 아직도 낯설다. 서울에서 태어나 서울에서 자랐지만 당분간, 또는 아마도 서울이 그리울 것 같지 않다. 2011년 《서정과 현실》 신인상을 수상했고 2018년 시집 『하노이 고양이』를 출간했다.

epsalt@naver.com

권수진

마산에서 태어나 군 복무 시절을 제외하고는 줄곧 여기를 벗어난 적이 없다. 모교인 경남대학교에서 철학과 문학을 함께 공부했다. 2011년 지리산문학제 최치원 신인문학상에 당선된 후 시작 활동을 시작했다. 2015년 토지문학제 〈하동 소재 작품상〉을 수상했으며 시집으로 『철학적인 하루』(2015년)가 있다.

ksujin1977@hanmail.net

서형국

창원에서 태어나 현재 경남 고성에서 작은 식당을 운영하고 있다. 2018년부터 몇몇 문예지에 시를 발표하면서 본격적인 창작 활동에 매진 중이다. 식지 않는 문장을 배우려 불의 언어를 해독하고 있으며 아직 내 작문을 詩라고 부를 용기가 없다.

bvcc1234@hanmail.net

이 필

소백산 기슭, 오지마을에서 태어났다. 안동으로 이사와, 단칸방에서 네 식구가 간장종지처럼 살았다. 2016년에 《문학사상》 신인문학상을 수상했다.

zenithmine91@gmail.com

기획 | 시골시인-K

이 공동시집은 '시골시인-K'의 릴레이 프로젝트입니다.

시골시인 ― K

2021년 4월 28일 1판 1쇄 펴냄

지은이   석민재, 권상진, 유승영, 권수진, 서형국, 이필
펴낸이   김성규
펴낸곳   걷는사람
주소   서울 마포구 월드컵로16길 51 서교자이빌 304호
전화   02 323 2602
팩스   02 323 2603
등록   2016년 11월 18일 제25100-2016-000083호

　　　ISBN   979-11-91262-23-0   04810
　　　ISBN   979-11-960081-0-9   (세트)